零成本
股票播种术

陈拥军◎著

北方联合出版传媒（集团）股份有限公司
万卷出版公司
VOLUMES PUBLISHING COMPANY

ⓒ 陈拥军 2010

图书在版编目（CIP）数据

零成本股票播种术／陈拥军著．－－沈阳：万卷出版公司，
2010.11

（引领时代）

ISBN 978-7-5470-0881-2

Ⅰ．①零… Ⅱ．①陈… Ⅲ．①股票—证券投资 Ⅳ.
① F830.91

中国版本图书馆 CIP 数据核字（2010）第 068779 号

出 版 者	北方联合出版传媒（集团）股份有限公司
	万卷出版公司（沈阳市和平区十一纬路 29 号　邮政编码　110003）
联系电话	024-23284090　　邮购电话　024-23284627 23284050
电子信箱	vpc_tougao@163.com
印　　刷	北京市通州富达印刷厂
经　　销	各地新华书店发行
成书尺寸	165mm × 245mm　　印张　10.5
版　　次	2010 年 11 月第 1 版　2010 年 11 月第 1 次印刷
责任编辑	王旖旎　　　　字数　175 千字
书　　号	ISBN 978-7-5470-0881-2
定　　价	32.00 元

2007年的超级大牛市，谁都不知道何时会再来。在那个资本疯狂的年代里，股民的思维也变得疯狂，丧失了应有的谨慎和理智，既没有盈利计划也没有止损计划使绝大多数中国散户倒在股票不断下跌的血泊中，有的从此一蹶不振，有的绝望而自杀。

我同样逃不过人性的贪婪给我有限的财产所带来的灾难。我投入股市的资金伴随着上证指数从6000多点一路下泻到1600多点而大幅缩水，从60000多元缩到了22000余元。那段时间，是我有生以来最痛苦的日子，我不断地后悔，不断的假设，我后悔为什么不早点割肉，我后悔为什么在跌到4000点的时候对后市还抱有幻想，我后悔自己为什么在赚到10%以后还不出货，我后悔自己为什么把80%的资金都投入风险莫测的股市。当然，时光不会倒流，这世界上也没有后悔药可以吃。

正所谓塞翁失马，焉知非福，任何事物都有两个方面。痛定思痛，在不断的反思中，我也看到了我其实并不是最惨的，虽然表面看大部分散户都赔掉了70%左右，但这背后的损失金额是绝对不一样的。想想看，我充其量不过赔进去了40000元，但是很多人的70%代表的却是几十万、数百万甚至上千万，有些人甚至把身家性命也赔了进去。所以，我是幸运的，幸运的是在2007年大牛市来临前我并非是富翁。这绝非吃不到葡萄说葡萄酸。毕竟你我还都活着，不是吗？

由于有过在1999年股票长期被套牢的教训，股票被套长期置之不理也是错误的，人不能在一棵树上吊死。股价长期反复，想回到自己以前购买的高点上来，其难度之大是难以想象的。只有毅然决然的斩仓才是最好的办法。这就好比是人患病了，自己不注意及时医治，以至于小病变成了大病，如果再不截肢抢救，恐怕有生命危险。大不了截肢后重新规划自己的人生，很多身残志坚的残疾人生活的甚至比健康的正常人都要乐观精彩。

因此，我不再活在痛苦的回忆中，我选择了斩仓，我要重打鼓另开张，我要在哪里跌倒还要在哪里爬起来。股市，既然是国家允许设置的，既然全世界都有，那么就有其科学性，有科学性就一定有规律可循。那么，股市里有什么规律可循呢？

一般而言，表面看股票投资者被套的概率要大于盈利的概率，但是，实际上，每个股票投资者投资股票时，都不会碰到只跌不涨的股票。有涨就有跌，股票不可能无休止的涨上去，也不可能无止尽的跌下来。

因此，一只股票会有规律可循，就是分阶段始终在区间里运行。作为普通投资者，最重要的就是把握好技巧，在股票开始上升时买进，在将要下跌时卖出。道理人人都懂，但还是赚的少赔的多。为什么？关键是没有克制人性的弱点、没有计划和有计划而没有严格执行。买的股票涨了，贪念作怪还想赚得更多，人心不足蛇吞象。股票跌下来痴心它还会立即涨回去，盲目造成了亏损。空仓的投资者看到股票下跌，因为恐惧而不敢买进，以致踏空。我们需要一种投资技巧来帮助我们克服人性的弱点，稳健的赚钱，而不是大起大落。幸运的是，我终于在痛苦中发现了这种绝妙的投资技巧，既可以克服人性的贪婪，又可以在股市大涨时不会踏空。

古语说：不积跬步无以至千里，不积小流无以成江海。用每一个小的甚至是微不足道的成功换取未来巨大的成功，原来这就是散户决战股市成功的秘诀。使用这种方法炒股的好处在于：它可以帮助你，使你的资产像银行储蓄一样稳健增值，同时又可以享受资本市场带来的高收益。

我们小的时候都玩过搭积木，积木是需要一块一块搭上去的，最后才完成一个造型或者一个大的建筑，股票播种也就像搭积木，只要你播种100股，你就搭上去一块积木，只要不人为破坏，这搭上去的一块积木就不会再跌落下来，这就是小的成功。对于散户而言，股市投资易于成功的法则可能就是以小的成功累积大的成功。

　　俗话说的好，台上一分钟，台下十年功。每个人的成功都必须有强大的资源做后盾，予以强有力的保障。这种资源可能是人际关系，可能是白花花的银子，可能是稀有的权力，也可能是美貌。就炒股而言，散户往往不具备大的资金投入，因此即便炒对一两次股票也不会真的致富，所以，股市就成为绝大多数散户上班的地方，我们需要从股市中盈利贴补家用，娱乐一下晚年生活。我们也没有内幕消息来源，无法搭上顺风车。

　　作为一个极为普通的散户，一个资金量只有30000元的超小散户，我们能够做的就是坚持。坚持自己的计划，克制自己的贪念，忘掉股票的价格，树立股票价格只是数字游戏的观念，今年一只股票价格是10元，明年就可能是100元；反之，今年一只股票价格是100元，明年可能就是10元。在股市大潮涨涨跌跌的万千变化中，你是否看到了有一种东西永远是不变的？那就是股票数量！你所持有的股票数量！假如在2000点的时候你每股花费10元买入100股股票，假定在上市公司10年都不分红的情况下，10年后你的股票数量可能还是100股，即便股票价格上涨到100元，你的股票市值不过是10000元。假如你有10000股呢？那就是100万元。

　　因此，散户投资股票要想取得巨大成功的关键就在于股票数量的日积月累，股票数量只会越来越多，不会越来越少。把我们每次成功投资赚取的收益置换成一定数量的优质的股票资产，收藏起来。当收获的季节来临，当中国股市真的不再有几元甚至十几元的股票时，庞大的股票数量会成为每个坚持者的巨额税后财富。

我的成功可以模仿，我的成功可以复制，我把我的每一次成功和失败都记录下来，奉献给所有和我一样曾经亏损的散户们，希望可以帮助散户朋友早日走出炒股赔多赚少的泥潭。

超级股农：陈拥军

于农历二〇〇八年十二月初六

目　录

CONTENTS

零成本股票播种术

战略篇

ZhanLuePian

零成本股票播种术

第一章

Chapter1

《隆中对》蕴藏散户股市战略

我始终认为，股市若战场，每个股民都是一个将军或者首领，率领着自己的大小队伍在股场征战。从某种程度而言，股市资金来源的多样性致使股市仿佛是我国古代的三国时期。

提到三国时期，就不能不提到《三国志》。《三国志》是晋代陈寿编写的一部主要记载魏、蜀、吴三国鼎立时期的纪传体国别史，该书记事详实，取材严慎，详细记载了从魏文帝黄初元年（220年）到晋武帝太康元年（280年）这六十年间的历史，备受后人推崇。其中给我印象最深的则是《隆中对》。

战略是什么？战略是指导战争全局的计划和策略。在《三国志》中，诸葛亮与刘备在隆中的谈话内容《隆中对》，我认为可谓是处于弱势者战略规划上的经典，诸葛亮为刘备分析了天下形势，提出了先取荆州为家，再取益州成鼎足之势，继而图取中原的战略构想。以后的大小战役基本上都是围绕这个战略构想而展开的。

虽然作为一介股民，不需要有什么图谋天下的宏图大志，但是，既然是同为带兵（资金）打仗，就不能只知道一味地拼杀，而不知道为什么拼杀。战争不可能无休止地的进行下去，战争的目的是以战止战，最终目标是为了换取和平幸福的生活；人不可能永远炒股，不可能为了炒股而炒股，不能活到老，炒到老。我为自己的规划就是60岁以后绝不炒股。散户从踏入股市大门的一刹那起，就应该有一种长远的规划。为什么炒股？如何炒股？用多少钱来炒？准备炒多长时间？准备赚取多少钱？如何保证自己60岁老年以后不炒股还能赚取股市收益？这些都是我们必须思考的问题。

其实，1700多年前的《隆中对》，即使是在21世纪现代社会的股票市场中，仍然闪耀着不可磨灭的光辉，里面蕴藏着适合我们散户个人投资者股票投资规划的伟大战略。东汉末年的刘备，兵少将寡，官渡大战以后，刘备逃到了荆州，势单力孤，散户和当年的刘备是如此的相似，如何由弱到强，如何以弱胜强恐怕是当年的刘备和如今的散户思考的共同话题。

《隆中对》中诸葛亮说："今操已拥百万之众，挟天子而令诸侯，此诚不可与争锋。"谁是当今证券市场中的曹操？我认为当然是股票市场中的超级主力和神秘资金，"不可与争锋"就是不可以和主力打阵地战，因为阵地战就是消耗战，散户因资金实力弱小，明摆着消耗不起，其结局毫无疑问不是兵败人亡，就是人亡兵败。

诸葛亮继续说道："孙权据有江东，已历三世，国险而民附，贤能为之用，此可以为援而不可图也。"那谁又是当今证券市场中的孙权？我认为当然是股票市场中的私募和游资，他们作战灵活，往往成为某阶段性推高股价的背后庄家，我称之为"产生外力作用的根源"，这是可以为我们所用的。

诸葛亮还说道："荆州北据汉、沔，利尽南海，东连吴会，西通巴蜀，此用武之国，而其主不能守，此殆天所以资将军，将军岂有意乎？"那么，什么又是当今证券市场中的荆州呢？荆州和曹操、孙权拥有的广袤疆土相比，可谓是小之又小，但是因为其地势而成为兵家必争之地。我认为，作为散户就要克服不切实际的贪婪之欲，以每次出击都成功为要务，哪怕是极其微小的成功。因此，小的成功就是当年的荆州，"此用武之国"，虽然赚取的收益很小，但是自己的资本金却始终被自己牢牢控制在手中，东西南北中，不论哪个方向，只要发现战机，就可随时伺机而动。

我在股市实战中，无形中契合了《隆中对》中诸葛亮的战略构想，实现了自己的以弱胜强。

第二章

Chapter2

散户投资战略的十大确定性因素

股票市场的复杂性和多变性，涉及国内和国外的政治经济甚至军事等多方面因素，其操作难度应该说远超三国时期的任何一次战役，毕竟三国的时候只是国内战争，再加上人性中存在的弱点——贪婪和恐惧，恐怕散户从股票市场诞生之初就注定了是"人为刀俎，我为鱼肉"，只能任人宰割的悲惨命运。

但是，不是每个散户都是只亏钱不赚钱，100%只亏过钱没赚过钱的投资者也很少见。那么散户为什么最终还是会连本带利赔进去呢？因为散户没有把通过不确定性投资赚取的收益变成确定性的东西，而是上次赚取的收益随时有可能跟随本金再投入高风险的不确定性投资中。

都听说过落袋为安，但是落什么"袋"？什么才是真正的"安"？就不是多数人所知道的了。如果落袋为安就是连本带利全部抛空股票，那么未免也太肤浅了。这种落袋为安也只是暂时的落袋为安，说不定哪天又得连本带利赔进去。

人常说股市风险莫测，难以把握。但是，如果你了解了股市中确定性的东西，那你就会知道如何进行低风险高回报的股票投资了。

经我个人认真研究，分析得出以下结论，在中国股市中目前存在以下十大确定性因素：

1.在一般情况下，如果你持有1000股股票，那么假定在不分红、增配、公司不倒闭的情况下，无论股指是跌到998点，还是上涨到6124点，你所持有的股票数量都是不会发生变化的。1000股还是1000股，只要你不主动卖出，股票数量一般就不会减少，这是确定性因素。

2. 目前证券市场的一般性规定，每支非ST类的股票（不包括新股首日上市）每天均有10%的涨跌幅限制。这个10%是确定性因素。（ST类股票涨跌幅限制是5%）。

3. 一般情况下，当一支股票完成从10元～30元这个上涨过程时，必然要经过11元、12元、13元、14元、15元、16元这些价格。股价上涨必然由低逐步到高这个过程是确定性因素。

4. 一支股票到底能够上涨到什么价格，除了庄家，一般人极难准确预测，即：股价的未来定位的不确定性是确定性因素。

5. 手中持有现金是无法获利的，甚至都无法抵御通胀。短暂持有股票也只能赚取蝇头小利，只有坚持长期持有才能充分享受中国经济高速发展的巨大成果。历史证明，长期持有股票的收益要远远大于短线投机者，这一点是确定性因素。

6. 股票的背后是经济实体，选择优秀的公司，最好带有资源或者技术等垄断性质的公司并持有该公司股票，往往可以带来丰厚的回报（分红、送配）。这一点是确定性因素。

7. 一支股票的上涨或者下跌难以带动大盘的上涨或者下跌，同理，幻想靠一两支股票使自己一夜暴富都是不现实的。这一点是确定性因素。

8. 假定在一支股票上盈利30%，看到另一支股票后连本带利将130%的资金全部投进去，那么就很有可能将起初赚取的30%也赔进去。这是确定性因素。

9. 无论是大盘还是单支股票，总会在一定的时间段内在一定的区间内运行，不可能一直涨上去，也不可能一直跌下去。这是确定性因素。

10. 要重新认识股票，股票不是废纸，而是有价证券，是资产，是可以享受上市公司分红送配权利的凭证。这是确定的。

以上股市中的十大确定性因素是对散户确定投资战略的决定

性因素，有些要严格执行，有些要坚决避免。结合这十大确定性因素，作为超级小散我制订的五大投资战略是：

第一，既然股票数量是不会随大盘上蹿下跳的确定性因素，而且股票又是资产，那么就从赚取现金收益转换到赚取股票数量上来；

第二，以技术手段克服人性弱点，积极以零成本播种股票；

第三，投资目标：60岁前成功拥有10万股股票，免费成为最少200家优质上市公司股东；

第四，长期持有零成本播种的股票，适当地主动复制，把其培养成参天大树，把树林变成森林；

第五，60岁后不炒股，靠上市公司分红充分享受老年生活。不要让炒股成为愉悦老年生活的主要生活方式。

第三章

Chapter3

既有钱又悠闲是我投资的终极目标

2009年12月19日的《华夏时报》上刊登了一篇报道："股神林园：我的股票还要拿十年。"虽然林园有被迫持有的意思，但是，我认为，实际上现在的林园的状态，才是我追求的股票投资目标。

报道说："一张磨得有些发花，油印已然不清的香山登山月票，'股神'林园指着它向《华夏时报》记者说：'这就是我现在的生活，每天爬爬香山，逛逛公园，悠闲得很……'"每天晨起，看看新闻，再睡个回笼觉。林园说，他只恨现在时间过得太快。之后，是在公园"暴走"两万步，爬香山，上上下下八千米。林园说，现在觉得身体最重要。

报道还写道："'股票也还是那么几只，茅台、五粮液、招商银行……我也一直没动过，每年有不少的派息，我也花不了多少，一个月六七万，至多也不过10万，其余的收益派送当天就买回那支股票了。"

现在理财师们常说的"你不理财，财不理你"已经是众所周知的了，但是如果到了55岁以后还在为理财的事情伤脑筋，那就是最大的问题了。无论如何，我是反对老年人炒股的。目前林园的状态，其实是普通散户投资者未来最佳的成功状态。一不用操心股票的涨跌，每天很悠闲，爬爬山，逛逛公园，喝喝茶，找朋友聚聚，二是每月的股票收益平均可以达到六七万以上。这是什么状态？是既有时间又有钱的状态，我个人认为，这是人生最成功的状态。很多人是要么有闲，不过没钱；要么有钱，但整天没闲累得贼死。你有没有考虑过林园为什么能这样？只因为他拥有足够多的业绩好的股票！

所以，我追求的就是林园目前的这种状态，60岁以后我绝对不炒股。目前我38岁，将充分利用20年的时间为自己种植下10万股业绩优良的股票，平均每年5000股（未考虑送配等情况）。60岁以后，每年股票种子能够平均给我带来50000元以上的收益就可以了，再加上社会养老保险、商业养老保险，我坚信，在60岁后，我会过上既有钱又有闲的幸福的晚年生活。如果本金只有28000元的我可以做到，那么你也可以做到。

从2008年11月份起我已经取得了不错的投资收益，截至2009年11月30日，我已经以极低的接近于零的成本成为23家上市公司股东，拥有3150股股票。虽然这3150股股票可能微不足道，但是假如我们每年都赚上3150股呢？

因此，一般人只要严格按照这十大因素积极调整自己的股票投资策略，即可开启人生的股票投资成功之旅。

战术篇

ZhanShuPian

零成本股票播种术

第四章

Chapter4

《论持久战》中"高度的运动战"

众所周知，战略和战术的关系是全局和部分的关系，战术是为实现战略目标的手段，战术必须服从和服务于战略。既然我们的战略是赚取股票数量，那么就要创新股票投资方法。

我丝毫没有责怪庄家的意思，无论是散户还是庄家，只要你进入股市，大家就都是逐利而来，本质上没有任何区别。没有必要谁贬低谁，谁埋怨谁。股市就是战场，资金就是战士，牺牲是在所难免的。超级股农认为，加入了股指期货和融资融券功能的市场更是如此，这些只会让市场变得更加复杂起来。自己本身是散户，自然要从散户的角度考虑如何生存与发展，散户作为投资者有三弱（实有资金规模弱、真实信息渠道弱、获取信息速度弱），不适宜打阵地战，要打游击战打运动战。

就像伟大领袖毛泽东主席1938年5月26日至6月3日在延安抗日战争研究会上的讲演《论持久战》中所讲的："我们的战略方针，应该是使用我们的主力在很长的变动不定的战线上作战。中国军队要胜利，必须在广阔的战场上进行高度的运动战，迅速地前进和迅速地后退，迅速地集中和迅速地分散。这就是大规模的运动战，而不是深沟高垒、层层设防、专靠防御工事的阵地战。这并不是说要放弃一切重要的军事地点，对于这些地点，只要有利，就应配置阵地战。但是转换全局的战略方针，必然要是运动战。阵地战虽也必需，但是属于辅助性质的第二种的方针。在地理上，战场这样广大，我们作最有效的运动战，是可能的。日军遇到我军的猛烈活动，必得谨慎。他们的战争机构很笨重，行动很慢，效力有限。如果我们集中兵力在一个狭小的阵地上作消耗战的抵抗，那将使我军失掉地理上和经济组织上的有利条件，犯阿比西尼亚的错误。"讲得太精辟了，我仿佛看到自己穿越时空隧道到达1938年的延安，作为一个八路军战士坐在下面聆听主席的教诲。

股市里有上千支股票，散户面对的战场不能不说是广阔，所以，当我们面对一次出击后，要懂得不在一棵树上吊死的道理，要"迅速地前进和迅速地后退，迅速地集中和迅速地分散"。即使是微小的收益，如果现金流的速度加快，也会获得不菲的利润，说白了就是薄利多销。

建议散户投资者好好看看伟大领袖毛主席的《论持久战》，股市若战场，那其实就是为广大散户早就写就的投资宝典，那里面蕴藏着散户股市投资的大智慧。

第五章

Chapter5

主动向下零成本播种股票的智慧

我们做任何事情，首先要考虑这件事有什么风险，如何把风险降到最低，然后才能从容为之。国家一直在提倡金融创新，作为散户，在面对即将改变单边市的市场时，也需要革新以往的炒股方法。

在GOOGLE搜索引擎上随便输入"股票投资的风险"几个字，就会立刻出现1300万条结果。书本上对股票投资的风险的定义是："股票投资风险是指股票投资中不能获得投资收益、投资本钱遭受损失的可能性；即在买入股票后在预定的时间内不能以不低于买入价将股票卖出，以致发生套牢，且套牢后的股票收益率(每股税后利润／买入股价)达不到同期银行储蓄利率的可能性。"

要我说，股票投资的风险无非是两点：买入后下跌和套牢后股票收益率达不到抵御同期通胀的风险（这一点和书本上所说的达不到同期银行储蓄利率有所区别）。

股票下跌不是风险，往往是机会，而买入后下跌就是风险。这会直接造成账面的亏损。应该说，这是股市中最常见的也是最主要的风险，是必须要通过科学的投资方法加以规避的。如果我们能够有效化解股票下跌的风险，那么我们就会通过股票投资，进入财富积累的良性成长通道：即只赚不赔。

事实上，我们在网络上了解到的股票投资风险有很多，有很多名词如：政治风险、经济风险、心理风险、技术风险等。散户投资者没必要了解太多，太多的东西会成为累赘，你只需要知道一点：不论任何风险，一旦发生，则只会造成股价下跌而不会造成上涨就可以了。因此，股票投资的风险实际上就是买入后下跌，而没有上涨。

众所周知，无论是大盘还是单支股票都是在一定时间内在一定区间内波动，既然是波动那么就会上下起伏，如果我们在某支股票波动的下轨买进，则自然不用担心股票的下跌。问题是：如何判断一支股票的下轨呢？万一判断错误，那么除了地板价，再出现地下室的价格该怎么办？

其实，如果我们把每支股票的地板价都定位在1元，而地下室的价格则定位在负1元，就会明白根本不存在所谓的地下室价格。股票会跌到1元吗？2008年10月28日，上证指数跌到了阶段低点1664点，以ST股票梅雁600868为例，当天该股票的价格为1.74元，跌破1元了吗？没有。再往前看，2005年6月6日，上证指数跌到998点，再以ST梅雁为例，当天它的最低价是2.02元，如果看ST梅雁从1999年8月至今10年来的股价，其最低是1.55元，也没有低过1元。再看一支*ST生物000518，多么吉利的代码！其历史最低价位出现在2005年7月19日，该股票跌到了1.21元。当时大盘的点位是1004点，正要从底部启动。

所以，通过分析我们得出结论：以1元或者低于1元甚至零元的成本购买股票，是最有效化解股票投资风险的方法，因为不怕跌，怎么跌也不会赔，所以财富才有可能积累下来。

众所周知，一支股票现价的背后，是数以亿万资金博弈的结果，在单边市的情况下，股价越上涨，投资者的心态就会逐渐由多转空，随时可能因获利而了结走人。显然，散户由于资金的微薄势单力孤，无法左右股价的涨跌，只能看主力庄家的脸色而被动交易。

庄家虽然可以左右股价，但是散户如果想逃，则肯定比庄家跑得快，双方各有优势。我没有当过庄家，不便对庄家的操盘手法做更多臆测，说对了意义不大，因为我顶多算是个班长，没有那么多人马，可以效仿庄家进行集团作战，说错了则让人家笑话。

作为散户，作为超级股农，我认为既然散户无力将自己购买的股票在短期买入后拉升10%～30%，等着被动挨打，那么不妨借股价的惯性上涨采取运动战的方式迅速将自己的购买成本向下拓展，实际上等于变相地拉升了股价，既获取了宝贵的收益，又一次性彻底地解决掉未来被套的风险，这就是散户应该具备的绝顶智慧。

举个例子，20元的股票在经过一段时间的涨幅后，短期内再涨10%可能都非常困难，散户如果误打误撞不慎买入，则被套的概率要远大于盈利的概率。所以，这个时候，散户就要迅速利用股票上涨的惯性将20元购买的股票成本从20元降到1元以下，即我经常提到的零成本，从而既锁定了股票收益，又为自己赢得了股票资产。你以为你零成本播种下的是股票吗？其实那是你的根据地。

如果你不能把股票价格向上拉升到你希望的价格，那么就把购买成本向下降低到1元以下。授人以鱼，不如授人以渔，这就是我分享奉献给全中国所有投资依然亏损的散户的礼物。此时此刻，我突然想起一句广告词："全北京，向上看。"我想说的是：散户炒股，全中国，向下看！

那么，如何实现零成本播种呢？传统散户炒股的操作方法是：例如某支股票现价10元，假定我们买入一手100股，传统意义上的买入是花费1000元钱（手续费略），买入后持股待涨。而我所倡导的零成本股票播种法则是通过买入和卖出来实现零成本播种的。

假定我们手中有10000元，买入1000股，那么当该股票上涨到11.11元时，我们就可以抛出900股，收回成本10000元，这样就成功地播种了100股种子，这100股种子的播种成本接近于零。

假定我们手中有20000元，买入2000股，那么当该股票上涨到10.52元时，我们就可以抛出1900股，收回成本20000元，这样就成功地播种了100股种子，这100股种子的播种成本接近于零。

假定我们手中有30000元，买入3000股股票，那么当该股票上涨到10.35元时，我们就可以抛出2900股，收回成本30000元，这样就成功地播种了100股种子，这100股种子的播种成本接近于零。

假定我们手中有40000元，买入4000股股票，那么当该股票上涨到10.26元时，我们就可以抛出3900股，收回成本40000元，这样就成功地播种了100股股票种子，这100股种子的播种成本接近于零。你会发现买入的股票数量越多，我们对该股票上涨的幅度要求就越低，就越容易成功实现零成本播种。

第六章

Chapter6

主力无法掩盖真相的技术指标

很多人炒股不看技术指标，我听到最多的原因不外乎两点：一是看不懂，二是庄家可以做出骗线来欺骗投资者。

对于第一种原因，我想说的是人时刻都要有学习精神，活到老学到老，何况是自己投资的真金白银呢？要对自己的投资负责，就应该学习一些股票知识，懂得如何看股票软件中的重要技术指标。对于第二种原因，我想说的是庄家是可以做出骗线来，但是有两种东西庄家做不出来，一是势或者方向，记住有个成语：大势所趋；二是惯性，不论是人快跑起来还是高速行驶的汽车，都不可能想站住就立刻站住，他（它）还会惯性地继续向前，股票也是如此。

我个人常用的技术指标有以下五个，可以帮助大家综合判断股票的大势和惯性。

1.KDJ指标

KDJ指标又叫随机指标。随机指标KDJ通过对股票的最高价、最低价及收盘价作为基本数据进行计算，得出的K值、D值和J值分别在指标的坐标上形成了一个点，连接无数个这样的点位，就形成了一个完整的、能反映价格波动趋势的KDJ指标。该指标的来源和功能我不做过多讲述，在很多书本和网络上都可以查到，且说得非常详细。我所说的是要通过看KDJ指标来分析一支股票的势和惯性。

　　KDJ指标根据周期不同一般又分为日K线、周K线和月K线，在股票软件中，我们还可以根据需要把分析周期设定成5分钟线、15分钟线、30分钟线、60分钟线，以及季度线、年线。就我个人而言，我常用的指标是日K线、周K线和月K线。日K线变化快，随机性很强，很容易被庄家做出骗人的买卖信号，所以在观察日K线的基础上，一定要看周K线和月K线。周K线和月K线才是彰显一支股票未来走势的重要技术指标。

　　如果说日K线是一支股票的今天，那么从周K线和月K线就可以预判一支股票的明天和未来。实际上，K线的走势是用资金堆砌出来的。日线、周线、月线与资金量的关系通过一个直角三角形可以清楚无误地看出来（见K线日线、周线、月线与资金量关系图）。

　　在一支股票每天的成交量中，根据主力资金的投资目标分为做多和做空两种。做多资金是看好股票积极买入抬升股价的，做空资金是卖出股票打压股价的。

　　在日K线中，一会儿是打压股价的占据上风，一会儿股价又会受到资金的拉抬价格上涨，随机性很强，做空和做多瞬间就可能发生转换，这对于个人投资者而言，不具备过多的研判价值；而周线是由5天的日K线组成的，它显示了5天内资金的交易趋向，

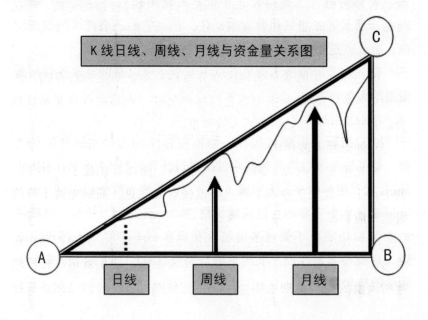

K线日线、周线、月线与资金量关系图

是趋向于上涨的资金多还是下跌的资金多；月线则是由四周到五周的周线组成的，大量资金博弈的结果会在周线和月线中表现出来，一般不会轻易地改变未来走势，所以周线和月线对于股票短线交易是极具参考价值的。

AC斜边代表处于上升周期的股票的股价走势，想要股价持续走高，需要资金量的堆砌。CB直角边代表的就是资金量。做多资金量堆砌得越多，就会支撑股价持续走高。

判断一支股票是否具备交易性机会的标准是看K、D、J三线是否有形成金叉的可能以及是否刚刚形成金叉，仍然具备惯性上冲。一支股票的最佳技术指标是日K线形成金叉，而周K线即将形成金叉，月K线中J线正缓慢向上，已经形成与K、D线相交的大势。

2.BOLL指标

即布林线，该指标由股价的上轨和下轨区间组成。一般而言，当股价处于布林线的下轨时，股价就具备了上涨的可能。该指标对我而言是参考指标，而并非主要指标。

3.W&R指标

又称为威廉指标，该指标表示的是当日收盘价在过去一段期间的全部价格范围内所处的相对位置，是一种兼具超买超卖和强弱分界的指标。一般如果该指标低于20，则可能超买见顶，可以考虑卖出；高于80，则可能超卖见底，可以考虑买进。

4.LHXJ猎狐先觉指标

该指标表示的是主力控盘和弃盘的程度。当主力控盘指标缓慢由底部向上即将和主力弃盘指标相交时，则可能存在交易性机会。意味着主力开始积极买入该股票。

5.神光脑电波指标

神光脑电波来源于神光的多空指标，该指标创建于1996年。脑电波上升则股票原则上可以继续持有或买进，而脑电波下降的股票则应卖出。

以上五项指标除了K线指标为重要参考指标外，其余四项指标均为次要参考指标。只要综合参考多项指标，我们就可以轻松地判断股票的短期后期走势，把握住交易性机会，为自己创造播种股票种子的良机。

除了参考以上五项技术指标外，如果你还是认为选股有困难，那么不妨直接在每天涨停的股票里做文章。可以关注刚刚有一两个涨停板的股票。

为什么要选择涨停的股票？我们都知道牛顿第一定律：当物体不受到外力的作用时，始终保持静止或直线匀速运动。这又称为惯性定律。虽然股票不是物体，但是我个人认为，从某些方面而言，股票同样要受牛顿第一定律的制约。一支股票，假如没有人炒，即没有外力的作用，就应该保持静止，随大盘的走势上下波动。就好像我们生活在地球上的人类一样，即使你坐着不动，实际上你也会随地球的自转而运动。大盘就好像是一个自转的地球，股票就好像是生活在地球上的人类或者物体。如果一支股票涨停，涨幅为10%，大大超过其他股票的涨幅，则这意味着外力在作用它，我们知道外力是产生加速度的原因，在强大外力的作用下，该股票的走势是显而易见的，即惯性上冲。这就是我所说的"陈氏股票第一定律"，利润点也就产生在这里。股市里几乎每天都有涨停的股票，这些股票就是需要我们凭借智慧与胆识挖掘的金矿。

当然，这些金矿绝大部分是属于庄家的，属于我们的只是凤毛麟角。但是如果每个金矿我们每次都可以成功地挖到哪怕是1克金子，10次就可以积累10克的金子，100次就可以积累100克金子，500次就可以积累500克金子，我们只需要去重复不断地复制成功就可以了。

实战篇

ShiZhanPian

零成本股票播种术

第一粒种子

the 1st seed

北京城建——刺激我转变炒股思路

开始时间：2008年11月17日

结束时间：2008年12月12日

操作周期：19天

投资结果：播种100股，当日市值836元

当2008年美国的金融危机愈演愈烈时，我国政府也在积极应对随之产生的经济危机。2008年11月9日中央电视台"新闻联播"播发了一条震动中外的重大新闻："国务院总理温家宝5日主持召开国务院常务会议，研究部署进一步扩大内需促进经济平稳较快增长的措施。会议认为，近两个月来，世界经济金融危机日趋严峻，为抵御国际经济环境对我国的不利影响，必须采取灵活审慎的宏观经济政策，以应对复杂多变的形势。当前要实行积极的财政政策和适度宽松的货币政策，出台更加有力的扩大国内需求措施，加快民生工程、基础设施、生态环境建设和灾后重建，提高城乡居民特别是低收入群体的收入水平，促进经济平稳较快增长。……初步匡算，实施上述工程建设，到2010年底约需投资4万亿元。"

这项经济刺激措施对当时的世界经济发展无疑是一针强心剂。随后的2008年11月10日，据媒体报道，美国纽约股市上涨，10日亚太地区主要股市也多数上涨。欧洲主要股市当天也纷纷走

高。我国A股沪深两市也较大幅高开，沪指开盘1782.31点，涨
1.98%；深成指开盘5855.08点，涨1.77%。截至收盘，沪指涨到
1874.80点，大涨7.27%；深成指收盘6127.12点，大涨6.50%。
煤炭、建筑、水泥、钢铁等为领涨板块，涨幅居前。于是，
我的目光转向了搞基础设施建设的股票——北京城建（代码：
600266）。还有一个让我关注它的原因是我的父亲曾经在这家公
司工作过，对该公司相对了解，虽然不多。

　　北京城建11月10日收盘大涨8.75%，远超上证指数涨幅，在休
整几日后，2008年11月14日该股票更是以涨停报收于7.25元。

　　我研究了该股票的多项技术指标（见图1、图2、图3、图4），
认为该股票处于上升通道中，可以买入。于是在11月17日以较高
的价位7.89元买进了1000股。11月18日再次买入500股。后来的事
实证明，这个价位确实买高了，12月1日该股的最低价位曾经到过
7.5元。从12月1日起，该股随后逐步走高，12月11日最高摸到了
9.5元。

　　其实我是眼看着股价走上9.5元的，如果当时我能够克服自己
心里的贪念，那么我还是可以在最高点获利了结的。之所以没有

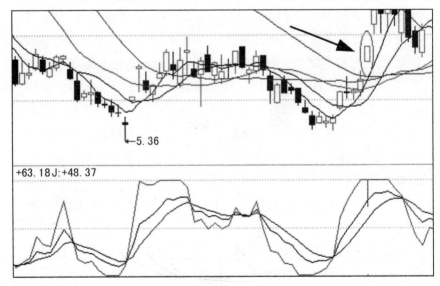

图1　北京城建2008年11月14日日K线图箭头所指显示，当日该股高开高走，当日以涨
停报收。

获利走人，是因为三个方面的原因：一是害怕卖了股票，该股会继续走高；二是不知道获利了结后该买什么股票；三是担心该股反弹结束，主力出货股价会再回到原点。

我在琢磨，怎么样操作才能既不怕下跌又不怕踏空呢？无外

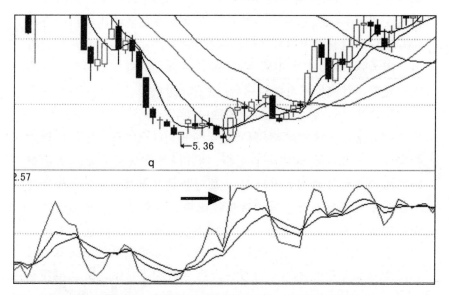

图2 北京城建2008年11月14日周K线图箭头所指显示，该股继续强势上扬。

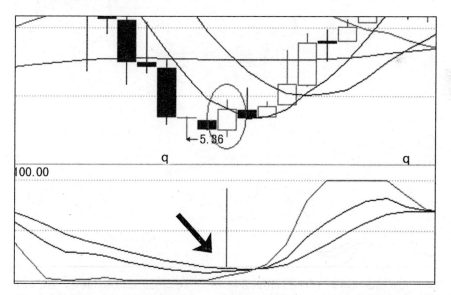

图3 北京城建2008年11月月K线图显示，J线正缓慢由底部向上，有形成金叉的趋势。

乎有两点：第一在股票下跌前撤出本金，第二在撤出本金后依然拥有股票。只有这样，我才可以变成无论是上涨还是下跌都不害怕的投资者。于是，在2008年12月12日，我选择了一个以前从未有过的股票操作手法，我卖出了1400股北京城建，几乎收回了全部本金，将全部利润换成了100股股票。这时我发现，我的心态突然变得平和轻松起来。尽管我卖出股票后北京城建还在下跌，2008年12月31日甚至跌到了7元钱，但是我并不担心，我甚至无所谓，因为这100股股票我是1块多钱买到的，不担心是因为这样的一支股票，其股价不可能跌到1元以下。想想看，历史上有哪支股票会跌到0元呢？除非是彻底退市的股票。

从表面看，这100股股票不过是价值800元左右，但是如果你获利了结，那么它就变成了死钱，很可能800元很快就会被消费掉，或者在哪支股票投资不慎又被亏损掉，而将这100股作为种子保留下来，种在自己的投资责任田里，它就变成了活的资产，它会慢慢长大。当未来股市走好狂飙的时候，100股也许不值一

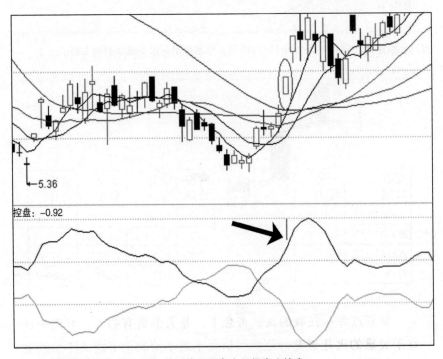

图4　北京城建2008年11月14日LHXJ线显示主力已经完全控盘。

提，股价每天上涨1毛每天不过挣10元钱，但是假如在股市回暖前我种下了1000股甚至10000股呢？每天涨1毛钱，我每天就挣100元甚至1000元，在别人买进的时候，就是我出货的时候。即便股市持续下跌，我的种子数量也不会减少，反而给了我赚取种子的机会。

我非常感谢北京城建，感谢它没有在2008年12月12日持续上涨，甚至涨停，否则，也许直到今天，我仍然无法悟出这种炒股方法的真谛。

2009年2月6日，北京城建的收盘价格是10.24元。这意味着我在北京城建上赚取到的100股资产在不到两个月的时间里增值了近200元，增值幅度约24%。设想一下，如果我全仓卖出股票，则顶多挣到836元现金利润，这836元现金在什么投资项目中可以在短短不到两个月的时间中增值24%呢？答案是几乎没有可能！这就是播种股票收藏资产的优势所在。

LHXJ在同花顺软件中又叫"猎狐先觉指标"，表示的是主力的弃盘和控盘指标。黄线代表主力控盘指标，蓝线代表主力弃盘指标。很多人说庄家可以做出技术指标来，这也是我为什么要多看几个指标的原因，一个、两个图形可以做出来迷惑投资者，但是多个不同类型的指标却是很难被做出来而不显示股价未来趋势的。

北京城建交易记录及点评

交收日期	证券代码	交易类别	成交价格	成交数量	证券余额	成交金额	费用合计
20081117	600266	买入	7.89	1000	1000	-7890	-16.78
20081118	600266	买入	8	500	1500	-4000	-9
20081212	600266	卖出	8.45	1400	100	11830	-36.89
合计					100	-60	-62.67

交易点评：在我的冥思苦想下，苍天不负有心人，有朝一日终于灵感的火花迸发，让我领悟到了既不怕股票下跌又不怕踏空的炒股真谛，虽然此次播种100股北京城建的成本没有做到零成本

（每股购买价1元以下），每股购买成本为1.2267元，但是却实现了从传统炒股方法到创新炒股方法的飞跃——从赚取现金收益到赚取股票数量。我认为这是革命性的创新，是适合散户的股票操作方法。

多年以来，央行为支持我国经济发展，不断推进金融产品、制度等多方面的金融创新。作为散户，还抱着陈旧的投资理财观念恐怕生存都举步维艰，更不要谈收益，谈发展了。

第二粒种子

the 2st seed

西山煤电——确立我股市播种思路

开始时间：2008年12月17日

结束时间：2009年1月8日

操作周期：21天

投资结果：播种100股，当日市值1400元

撒下第一粒种子北京城建后，消息面有关于煤价联动的新闻。煤炭价格如果真的可以与电价联动，那么对煤炭企业无疑是重大利好。在帮助老婆大人炒了一把西山煤电后，该股票价格始终在13元左右震荡，当时正好我没有看中其他股票，心想为什么自己不炒一把呢？到14元再把它卖出去。

如果说北京城建保留100股的播种方式有散户面对股市的无奈之举，那么操作西山煤电（代码：000983）的过程就确立了我的股市播种思路。

2008年12月17日，在对西山煤电的技术走势作出初步判断后（见图5、图6），我果断出手以12.47元的价格购买了1000股西山煤电，持股待涨。2008年12月19日，该股最高已经摸到了13.95元，但是由于我工作外出，错过了卖出的最佳时机。此后，该股持续下跌，一度下跌到11.35元，我已然亏损2000多元。此时，如果有资金杀入补仓，则是可以大赚一笔的。事后分析，如果在买入西山煤电之初，我就确立播种100股的投资计划，那么当12月

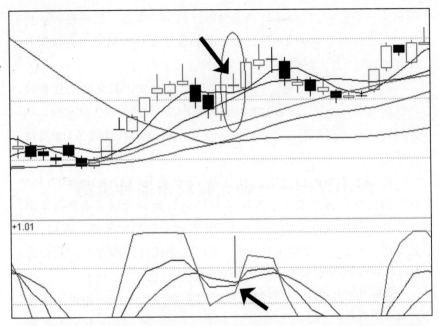

图5 2008年12月17日西山煤电日K线图显示，J线由底部向上与K线、D线即将形成金叉。

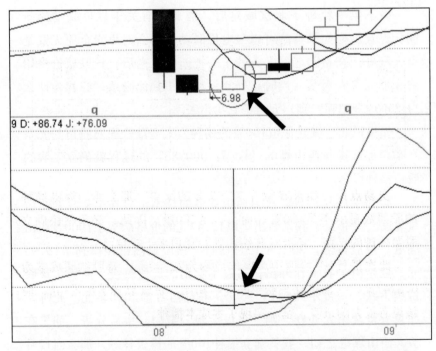

图6 西山煤电2008年12月月K线图显示，J线有底部向上与K线、D线形成金叉的趋势。

19日第三天涨到13.85元时我就可以撤回全部本金,取得播种成功了。那么,截至2009年1月23日,我的股票责任田里就不会仅仅有100股西山煤电,而最少应该是200股。

后来,为了防止有事外出或工作耽误盯盘,我总结的操作技巧是在不能盯盘前以计划卖出价位委托下单,如果股价上涨成交,则计划成功,否则就可以继续盯盘。在后来的金晶科技股票100股播种计划中,这种技巧获得了成功。

我们继续谈西山煤电。在沉寂了7个交易日后,2009年1月5日,西山煤电再度发力。2009年1月8日,我又看到了我准备卖出的计划价位。我终于确定了股票100股种子的操作思路,在13.90元卖出了900股,保留下100股。这次操作耗时20天左右,获得的最宝贵的经验是必须保有适量的资金以便补仓。

炒股就像打仗,主力部队投入战斗要速战速决,如果不能速战速决,那就应该由小股部队掩护主力撤退。如果主力不慎陷落,则要有救援部队赶到,摊平成本,一旦稍有转机,即立刻获利了结。

西山煤电交易记录及点评

交收日期	证券代码	交易类别	成交价格	成交数量	证券余额	成交金额	费用合计
20081217	000983	买入	12.47	1000	1000	-12470	-24.94
20090108	000983	卖出	13.90	900	100	12510	-37.53
合计					100	40	-62.47

交易点评:如果我能够克服贪婪的欲望,那么西山煤电播种的股票数量就不是100股,而最少是200股。因此,必须尽快确立股票播种的思路,不要让传统的炒股意识来干扰自己。

此次播种100股西山煤电的成本为22.47元,每股购买成本为0.2247元,与播种北京城建的成本相比,每股节省了足足1元,应该说有很大的进步,基本实现了零成本播种。

第三粒种子

the 3st seed

火箭股份——关注大幅度上涨的股票

开始时间：2008年12月19日

结束时间：2009年1月8日

操作周期：19天

投资结果：播种100股，当日市值1038元

2008年12月16日，上证指数终于开始止跌反弹，军工企业也开始发力上涨。老婆大人从电视股评中获悉要关注军工企业股票，并提到了火箭股份，让我看看。

在分析了该股票的多项指标后（见图7、图8），我认为该股票处于上升通道中，应该存在100股播种的机会。于是，2008年12月19日，我以9.074元的价格买进了1000股火箭股份。

不料，上证指数次日开始走低，火箭股份也不能幸免。该股12月29日最低跌到了8.21元。2009年1月8日，我选择了以10.30元卖出900股，成功地实现了播种100股的计划。2009年1月23日，从该股的周线来看，后市该股依然看好，可以逢机再播种100股。

从火箭股份2008年12月的月线图来看，后市绝对可期。2009年10月27日，该公司发布公告，公司名称由"火箭股份"更名为"航天电子"。

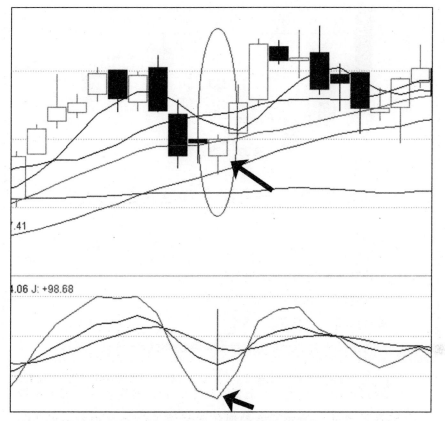

图7 2008年12月16日火箭股份日K线图显示，J线已经触底，有随时上勾股价上涨的可能。

火箭股份交易记录及点评

交收日期	证券代码	交易类别	成交价格	成交数量	证券余额	成交金额	费用合计
20081219	600879	买入	9.074	1000	1000	−9074	−19.15
20090108	600879	卖出	10.30	900	100	9270	−28.81
合计					100	196	−47.96

　　交易点评：2009年1月8日，这是个值得庆贺的日子，我终于实现了真正零成本播种股票的梦想。此次播种100股火箭股份，投入金额是9074元，交易税费是19.15元，卖出900股后收回资金是9270元，卖出的税费为28.81元，这意味着播种这100股火箭股份，我不仅没有花费1分钱，还赚取了148.04元。

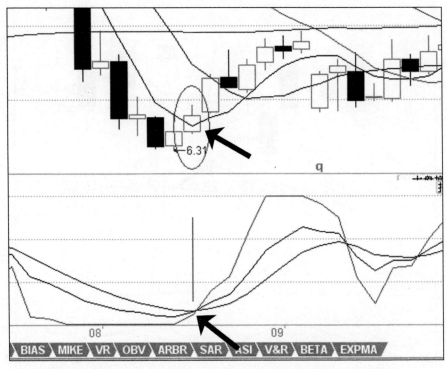

图8 2008年12月16日火箭股份月K线图显示，J线已经向上扬起即将与K线D线形成金叉。

　　不过，我还是愿意将火箭股份100股的购买成本视为-148.04元，即每股购买成本为-1.48元，这就是我所讲的通过科学的操作技巧克服人性的贪婪和恐惧，把股票价格做到1元以下就是为了克服股票下跌时给个人投资者带来的恐惧感。

　　股票价格都不可能出现零价格，更不要说出现负价格了，我看到了不用担心被套并可以长期持股的曙光。

第四粒种子

the 4st seed

方正科技——炒股思路的再次灵活飞跃

开始时间：2009年1月9日

结束时间：2009年1月16日

操作周期：7天

投资结果：播种500股，当日市值1480元

2009年1月8日将西山煤电和火箭股份成功卖出后，我的注意力迅速转移到中信证券上来。我认为其已经具备了坐轿子的时机。

在2008年年初，我曾经购买过300股中信证券，当时的购买价位是27元，我认为从36元跌到27元应该反弹了，谁知道买入时间还是高点。后来没有当回事，谁知一跌就是几个月，2008年9月26日该股反弹到最高点24.92元，其实应该止损出局，但就是贪心，认为还可以涨到27元，所以放任等待。后来中信证券一波反弹结束，我在21元亏损出局。虽然只有300股，但是仍然造成了1800元的亏损。

也许正是有过这种交锋，看到该股正从谷底向上反弹（见图9、图10、图11），所以我才敢于再次购买该股票。2009年1月9日，该股票的价格跌至19元左右，我挂单19元买进1000股，成交价格是18.99元，加上手续费以及印花税购买价格是19.03元。而我要实现播种100股的计划卖出价格是21.15元。2009年1月14日，

该股放量涨幅达到9.22%，逼近涨停。

我密切关注这支股票，心想马上我亏损的1800元就要回来了。2009年1月15日该股以阴十字星报收。我心里很紧张，加上大盘也不容乐观，这加速产生了我急于获利了结的念头。但是，如果在21元以下卖出900股，因未达到计划卖出价格，所以无法实现零成本播种100股的计划，怎么办？但是如果不卖，万一股价下跌，主力年前获利了结使我再次被套怎么办？突然，一个念头在我脑海一闪而过：1000股全部卖空，用获得的全部利润播种其他的股票不也一样吗？对，就这么干。用利润选一只处于底部的了解的股票，播种下相应的资产。

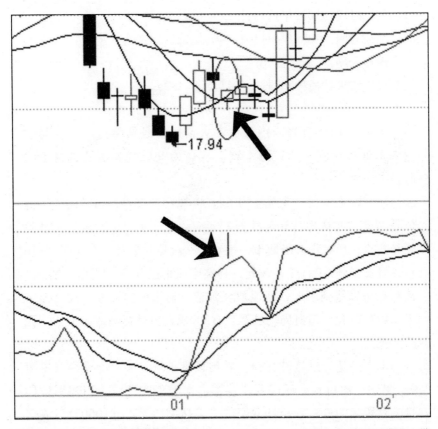

图9 2009年1月8日中信证券日K线为小阳线，J线与K线、D线形成金叉后存在惯性上涨的动能。

于是，在2009年1月16日，我以20.63元的价格果断卖出了1000股中信证券，用赚取的利润购买了500股方正科技。方正科技虽然涨得奇慢，但是该股票跌无可跌，从技术形态上看正处于缓慢上涨过程中（见图12）；而且该股的历史最高价曾经到过40元以上，2007年的年中最高价为15.85元，不到3元的价格应该是相当安全的。

所以，用炒股的利润购买一些有潜力目前股价相对安全的股票播种收藏，也是一种极为有效的操作手法。这次对中信的判断是颇为有效的，仅仅7天时间，我就免费获得了500股方正科技的股票资产。感觉真是太棒了！

操作股票上的不断成功，令我在2009年春节来临前的心情非常好，以至于老婆大人都疑惑我的心情为什么这么好。

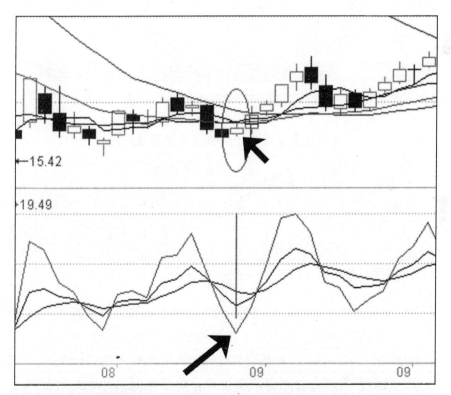

图10 2009年1月9日中信证券周K线同样为小阳线，J线触底随时有掉头向上的可能。

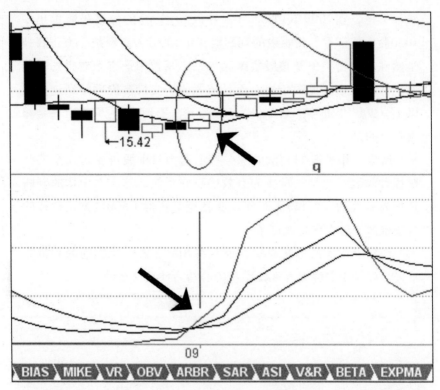

图11 中信证券2009年1月月K线显示，J线刚刚与K线、D线形成金叉，仍然存在上涨惯性。

中信证券置换方正科技交易记录及点评

交收日期	证券代码	交易类别	成交价格	成交数量	证券余额	成交金额	费用合计
20090109	600030	买入	18.99	1000	1000	−18990	−38.98
20090116	600030	卖出	20.63	1000	0	20630	−62.89
合计					0	1640	−101.87
20090116	600601	置换	2.96	500	500	−1480	−6
结果						160	−107.87

　　交易点评：超级股农播种100股的理念很快受到了现实的限制，买进后的股票虽然有一定程度的涨幅，但是由于购买的股票本身价格较贵，故而上涨的收益可能无法完成100股的播种任务。

　　既然我的理念是赚取股票数量，而优质股票又不是只有几家，那么趁着部分股票价格较低，用收益置换成优质股票资产，不用机械地执行在买入股票上的播种。这种灵活置换的理念，使

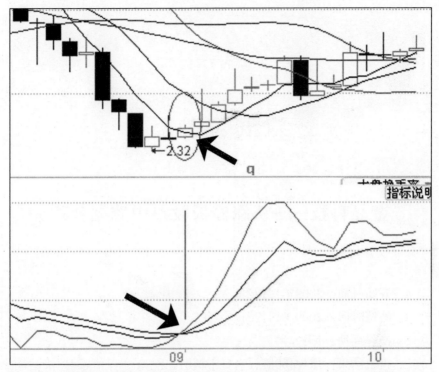

图12 箭头所示为方正科技2009年1月月K线图，技术图形显示，方正科技正缓慢从底部上涨，买入后长期持有应该没有太大的问题。

我在股票播种的操作上更加得心应手，如鱼得水。

此次交易成功播种了500股方正科技，不仅再次实现了零成本播种，而且每股的购买成本还是在0元以下，每股购买价为：−0.104元。

第五粒种子

the 5st seed

金晶科技——从涨停板股票中挖掘金矿

开始时间：2009年1月22日

结束时间：2009年1月23日

操作周期：1天

投资结果：播种100股，当日市值817元

在记录金晶科技前，先要说一说世茂股份。在购买金晶科技前的两天，实际上我购买的是世茂股份（600823）。不过世茂股份没有挣到100股，刨掉手续费和印花税我只挣了22.05元。

2009年1月19日，世茂股份以涨停报收吸引了我的注意力。这支股票在2007年上半年曾经有过相当不俗的表现，最高上涨到35元。在8元左右涨停板后买入，区区100股播种计划应该没有问题。于是，1月20日我以8.10元买入3000股，之所以买入如此大的数量，就是为打一个短频快，快进快出，数量越大对上涨的幅度就要求越低，越低就越容易完成计划。

谁知该股拉涨停的次日上证指数便开始跳水，使得该股明显缺乏继续上攻的动力。该股最低一度跌到7.89元，使我一度账面每股亏损0.20元。由于我是全仓杀入誓搏短线，心理压力较往常购买1000股时明显加大。1月21日该股最低价格甚至下探到7.75元，我不禁为自己1月20日急于购买而懊悔。

由于该股票的最低价格不断下探，我害怕庄家1月19日是拉高出货，担心被套，所以1月22日我选择了够买卖税费立即出货的策略平仓了结，不能再像北京城建和西山煤电那样拖的时间太长，无端浪费时间成本。此外，毕竟要过年了，还是持有现金为王。

不过，世茂股份还是一只处于上升态势的股票，在机会合适的时候，挣100股还是没有问题的。

接下来切入正题，金晶科技是我从网上浏览涨停板股票中发现的种子股票。该股票1月20日涨停，1月21日再度涨停（见图13）。

正是这两个涨停吸引了我的注意力。这说明庄家实力很强。能够在大年根儿上证指数骑虎难下左右为难时悍然发动两个涨停，我判断该股最起码应该还有1~2个涨停。来自新闻报道分析师说，上涨就是因为资金对整个新能源概念的热炒。业内人士指出，薄膜电池已成为太阳能行业中增长最快的子行业。薄膜电池最主要的原材料——超白玻璃正是金晶科技的主打产品。由此，金晶科

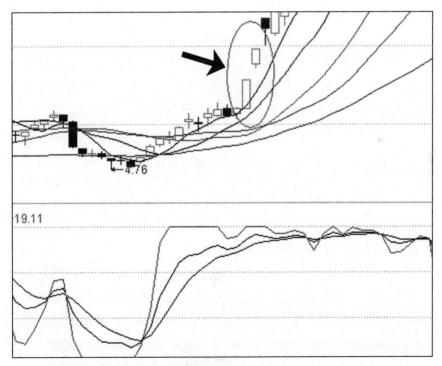

图13 金晶科技2009年1月20日、21日连续涨停。

技也跻身于新能源板块。

　　且不论该股票薄膜电池是否真的能够带来切实的业绩增长，能够跻身于新能源行业，后市还是有较强的发展空间的。我又仔细查看了该股票的各项技术指标，包括日K线、周K线、月K线，以及LHXJ猎狐先觉指标、OBV能量指标、W&R指标和神光脑电波指标（图14为神光脑电波指标），处于急速上涨态势中，未见异常。我已经有意种下100股种子。

　　由于该股累计涨幅超过20%，1月22日早盘停盘1小时。在这1小时内，我卖掉了世茂股份，决心到10点30分金晶科技开盘时追涨进去。10点30分，该股以7.99元高开，为防止该股高开高走封住涨停，我迅即以8元高价在网上挂单3000股买进，谁知竟然买高了。我高估了这支股票。最终股票以7.98元成交2000股，7.88元

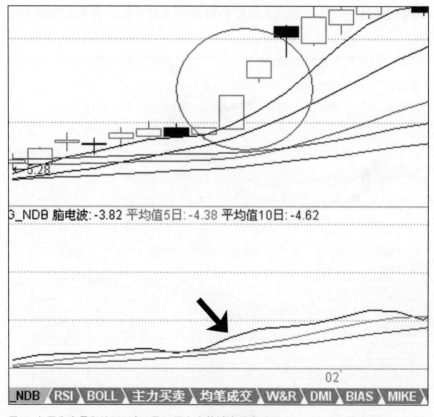

图14　上图为金晶科技2009年1月21日左右的神光脑电波图。

成交了1000股，平均成交价格是7.94元。而该股票当天的最低成交价只有7.40元，我足足多花费了5毛钱。要知道这5毛钱如果变成利润，则足够再买500股北辰实业的了。

可惜我是满仓杀入，没有钱再补仓，否则杀进去，利润岂止是播种100股，那就是200甚至300股的利润。

2009年1月23日是新春来临前的最后一个股票交易日。我决定在今天卖出股票。在当天上午10点前，该股票的价格正逐步走高。不巧的是，公司领导有事派我外出，中午才能回来。没有办法，我只好以严格执行计划为准。在外出前，我在网上挂出了8.25元卖出2900股的单子。中午回到公司，上午已经成交。这是我第一次仅仅用一天的时间就种下100股种子，应该说是相当成功。虽然收益没有最大化，该股当天上午最高涨到8.45元，下午最高上摸到8.54元。不过不能求全责备，谁让我不是专业炒股呢！

1月23日也是春节前的最后一个工作日，只上半天班。下午13：30，当我坐上特9路双层公共汽车回家时，心情非常愉快，就像冬日午后的阳光照在人们身上，感觉暖洋洋的。车上人不多，我一路欣赏着路上的城市美景，是自2007年年底以来少有的好心情。

经股票操作软件同花顺统计，我2009年1月份的盈利已经达到22%，我的资产在稳健地增长。按照平均每周操作播种100股计算，我的计划是2009年要实现播种5000股的目标。

世茂股份、金晶科技交易记录及点评

交收日期	证券代码	交易类别	成交价格	成交数量	证券余额	成交金额	费用合计
20090120	600823	买入	8.10	3000	3000	−24300	−51.6
20090121	600823	卖出	8.15	3000	0	24450	−76.35
合计					0	150	−127.95
20090122	600586	买入	7.94	3000	3000	−23820	−50.64
20090123	600586	卖出	8.25	2900	100	23925	−74.68
合计						105	−125.32

注：600823世茂股份，600586金晶科技

交易点评：世茂股份一役充分体现了《论持久战》中所讲的："在广阔的战场上进行高度的运动战，迅速地前进和迅速地后退，迅速地集中和迅速地分散。"迅速地全身而退为的是保全实力，为的是不被围困，假如没有在世茂股份上的迅速撤退，就没有金晶科技的成功播种。

本次金晶科技的播种100股的交易成本是20.32元，平均每股购买价：0.203元，基本实现了零成本播种（1元以下）。

此外，前面所提到的所谓"陈氏股票第一定律"也在金晶科技一役后确立下来，确定了对大幅度上涨股票的追涨，股票上涨的惯性虽然会给我们带来微不足道的收益，但是常言说：细水长流，我把每一股股票都看成是我人生路上的财富。

第六、七粒种子

the 6th and 7th seed

生益科技+中海海盛——追涨追出开门红

开始时间：2009年2月2日

结束时间：2009年2月4日

操作周期：2天

投资结果：播种生益科技100股，当日市值634元；中海海盛100股，当日市值634元。

今天是2009年2月3日，牛年春节的第二个交易日。在资金充裕的情况下，我开始尝试同时购买两只涨停的股票进行操作试验。先说说大冷股份。

昨天在选股计划的安排下，我在5.7元买进了2000股生益科技，在全天尾盘借大冷股份打开涨停板的时机又以6.28元的价格买进了3000股大冷股份。本来想今天就把生益科技卖出，完成播种计划，谁知道该股竟然停盘一天。通过F10一查，原来该股因未披露股票交易异常波动公告，2月3日全天停牌一天。无奈之下，我只好把注意力集中到大冷股份上来。

大冷股份的开盘价为6.25元，低开了4分钱。我准备今天买入关注的四支股票早盘，涨幅在2%左右，是很好的机会。但是大冷股份不争气，始终在我的买入价上下浮动。前两天和大冷股份涨势一样的山东海龙，早盘跌了4%，难道大冷也要走同样的路子？

当日，中国铝业涨停。也许这就是超级短线客的代价。在股市持续全面上涨的时候，短线客的收益不是最高的，你辛苦操作很多次积累的收益可能别人一两个涨停就回来了，唯一的不同在于你的收益是你可掌控的，而散户期待的收益则要看庄家的脸色和意愿方能达成。说白了，就是短线客是主动的，而散户往往是被动的。

下午，我依然盯盘。大冷股份过两点后开始发力，最高上冲到6.54元，我本来已经达成了播种100股的目标，但是还是无法克服自己心中的贪念，想着为下次操作再多挣出些手续费来，结果股价没有持续走高，而是掉头向下。这时已经是下午两点四十五了，考虑到我是按照陈氏股票第一定律——惯性定律和积跬步的操作手法，只追求一击。倘若一击不中，我就必须在当天迅速卖出股票，于是，在6.35元挂单我卖出了3000股大冷股份，刨掉手续税费90元我挣了120元。这120元留下来，足够下次操作的手续费和税费了。

尽管没有成功播种100股大冷股份，但是这是我第二次对于涨停股票的实验性追涨，股价从昨天的6.28元涨到今天的6.54元，这证明了陈氏股票第一定律——惯性定律的存在。

卖掉大冷股份，我的账上立马有了资金。看到昨天关注的粤传媒只涨了三点多，仔细看了资料认为其是在高位洗盘，于是再次在尾盘挂单7.09元买入2000股，明天只要涨到7.47元我就可以卖出。一个喜人的事情是在收盘时该股已经涨到7.12元，已经有账面盈利了。

时间进入2009年2月4日，星期三，终于等到生益科技开盘的日子了。生益科技发布股票交易异常波动公告，上午停牌1小时。该公告称："广东生益科技股份有限公司股票于2009年1月22日、23日和2月2日连续三个交易日收盘价格涨幅偏离值累计超过20%，属于股票交易异常波动。

经核实，该公司已在2008年业绩预告中披露生产经营受国际经济危机影响，下游需求不足，业绩下降。除此之外，不存在应披露而未披露的信息。经向持有公司股份5%以上的股东询证，确认未来三个月内无应披露而未披露对公司股价产生较大影响的信息，包括但不限于涉及公司股权转让、非公开发行、债务重组、业务重组、资产剥离或资产注入等其他重大资产重组事项。

董事会确认，公司没有任何根据有关规定应予披露而未披露的事项或与该事项有关的筹划、商谈、意向、协议等和对公司股票交易价格产生较大影响的信息。

要停盘1小时。在这1小时的等待中，虽然大盘在涨，但是粤传媒却在跌，最低甚至跌到了6.93元。估计是在稍作休整，洗洗盘面浮筹而已。

10：30分，生益科技高开高走(见图15)，走势喜人。这再次验证了我前面所提到的惯性定律。该股票一度上冲到6.48元，本来我是想全部卖出生益科技，然后将全部利润转换成100股云南铜业的，后经反复考虑，下午我仍是择机在6.36元卖出了1900股，虽然没有在最高价卖出，但我一想到昨天大冷股份的贪念使我播种

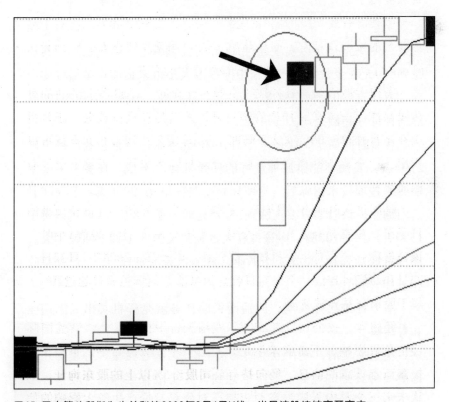

图15 图中箭头所指为生益科技2009年2月4日K线，当日该股持续高开高走。

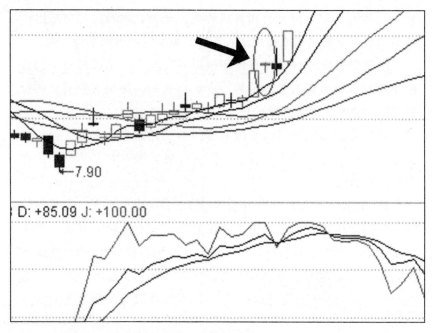

D: +85.09 J: +100.00

图16 为云南铜业2009年2月4日K线收出小阳十字星。

失败，便决定还是以实现播种100股的计划为上。除此之外，我还赚到640元现金盈利，本着在中国股市大牛市来临前多多播种的理念，我将这640元利润换成了100股中海海盛。至此，本周的100股的播种计划超额完成。

看看时间尚早，账面上还有16000元本金，上证指数已经突破2100点，我想不能错过如此好的反弹机会。于是，在参考了云南铜业的各项技术指标后（见图16），我挂单10.90元买入了1400股云南铜业，该股票只要上涨到11.75元即上涨7.8%，我就可以卖出1300股，播种100股，应该说在大盘强势反弹的主调下问题不大。期待着成功播种100股云南铜业。截至当天下午15：00，该股票收在了10.96元。

本周计划已经实现，明后两天的任务就是择机卖出云南铜业和粤传媒。

晚上临睡前，坐在卫生间马桶上洗脚，脚在盆里，心里却还在琢磨播种计划的实施。我突然想到，其实像我这样播种股票种子

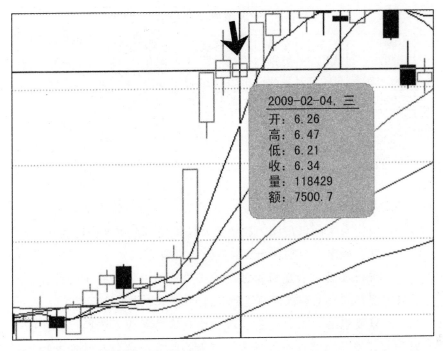

2009-02-04，三
开：6.26
高：6.47
低：6.21
收：6.34
量：118429
额：7500.7

图17 图为大冷股份2009年2月4日K线图。

更是把收益固定了下来，而往常的操作手法连本带利全额卖出股票实际上充满了风险，表面上看这次挣到了2000元钱，但下次操作失败则很可能会连本带利都赔进去了。而我这种播种股票的操作方式，因为播种的股票价格不可能跌成0元，所以更加安全。举个极端的例子，我投入本金20000元，播种了1000股，就算所有的股票价格都跌到了1元钱，我仍然不会发生在散户身上常见的亏损状况，我起码还有5%的收益。当然，所有的股票都不可能跌到1元钱，如果发生这种情形，那么中国经济一定是发生了致命的问题。至少从目前我国的经济运行来看，20年内不会发生这种极端的情形。

后记：2009年2月4日，大冷股份的最高价为6.47元（见图17），这意味着如果我昨天不在6.35元卖出，则该股票的惯性上冲还是存在400元的利润空间的。

生益科技、中海海盛交易记录及点评

交收日期	证券代码	交易类别	成交价格	成交数量	证券余额	成交金额	费用合计
20090202	600183	买入	5.70	2000	2000	−11400	−24.80
20090204	600183	卖出	6.36	1900	100	12084	−38.15
合计					100	684	−62.95
20090204	600896	置换	6.29	100	100	−629	−6
合计						55	−68.95

交易点评：人性的弱点之一再次发威，使我错失播种大冷股份的良机，看来制订严明的股票交易铁律是多么重要，达到100股的计划就要抛出，否则利润转眼就会灰飞烟灭。

生益科技股票的走势验证了陈氏股票第一定律的正确性，以后只需要在当日上涨幅度超过5%以上的股票中选股就可以了。

人只要思考，就会进步。我领悟到这种零成本股票播种法的另一大好处是能够真正地锁定投资者的收益，不会在其他的操作中连本带利地又还给市场。

大环境——熊市渐行渐远，牛市缓步走来

2009年2月5日，午后，上证指数开始高位跳水，上午还满盘见红的大盘已然是绿意盎然。云南铜业和粤传媒也不能幸免，粤传媒跌得还要多些。还好，大盘尾盘收了些回来，云南铜业也回到了10.8元，与我的购买价位仅差0.1元。粤传媒就跌得要多些。按照一击不中立刻撤兵的战术思想，明天是周五，哪怕是赔点钱，也一定要把粤传媒在大盘反弹的时候出掉，毕竟它是一只亏损股，我要保持仓位不能太重，更重要的是要学会放弃，否则会就被套死。

至于今日大盘如何走向，打开上证指数，我注意到在2008年12月4日上证指数同样走出了与昨天类似的十字星线，唯一不同的是一个是红十字星，一个是绿十字星。那一天和昨天一样，同样

是星期四。2008年12月5日，星期五，上证指数低开了17.24点，当天收盘虽然没有高过周四的最高点2055.21点，但是，股指仍然顽强地站在了2000点上方2018.11点，为下周一2008年12月8日奠定了良好的基础。

我们再来预测一下今天的大盘走势，参考2008年12月4日的上证指数走势，以及特色指针猎狐先觉显示，主力仍然是在控制盘面。因此，今天大盘很可能走出先抑后扬的走势，最终收盘仍可收在2100点上方，通过昨天和今天的洗盘才能走得更加长远。看来，仅仅关注个股走势还是不行的，还要关注大盘走势。这让我想起了一句话：前事不忘，后事之师。

不过，如果大盘真的再次按照2008年12月4日以后的走势运行，那么顶多大盘走到下周就该再次面临调整，很可能调整到1950点左右再次上攻。我从2008年11月开始操作，大盘正处于一个1800～2000点的箱体震荡过程中。大盘为确立2000点的高位，曾经在2008年12月9日确立过一次，此次节后悍然发动冲过2000点，直到2100点，参考大盘从2008年9月以来的走势，此次大盘的阶段性顶点应该是在2300点左右。从大盘周线指标看，2008年11月10日——11月14日这一周，猎狐先觉技术指标显示，主力控盘指针与弃盘指标开始相交，并且控盘指标超越了弃盘指标，这是否标志着熊市已经逐步走出，牛市将慢慢来临。

值得注意的是，大盘的月线猎狐先觉指标显示主力做多的意愿正在逐步加强，主力控盘指标与弃盘指标正在慢慢靠近，二者相交最少还需要两到三个月的时间。也许，行情真正走好只有在两三个月以后即下半年了。

预测是否准确，下周即可验证。

然而市场总是出人意料。周五大盘高开高走，并没有出现我所预料的先抑后扬。也许，对大盘的判断还需要更多的经济知识和对国家政策、宏观环境的有力把握，显然我不具备这些。因此，我只能在操作中始终保持谨慎的乐观和万分的警惕。

第八粒种子

the 8th seed

云南铜业——大盘快速启动前抢出的云南宝贝

开始时间：2009年2月4日

结束时间：2009年2月9日

操作周期：5天

投资结果：播种云南铜业200股，当日市值2614元。

其实我对云南铜业心仪已久，心想在合适的时候一定要收藏几百股。主要是她那高挑的身材令人赏心悦目(2007年10月31日曾经涨到98元)。原来考虑如果该股股性不活跃，始终在8元左右波动的话，我就通过购买其他的涨停股票所赚取的利润置换100～500股。谁知道人算不如天算，2009年1月14日后该股有逐步上攻的趋势，节后2月3日竟然大涨了7.72%。

时间不等人！股价不等人！2009年2月4日下午快收盘时，我用卖出生益科技收回的本金购买了1400股云南铜业。看到账面上出现1400股云南铜业后，我的心情才踏实下来。

2009年2月5日，虽然大盘在下午跳水，但是云南铜业的股价在最后又收回到10.8元，微跌1.46%，完全在可以承受的跌幅区间内。

2009年2月6日，星期五。云南铜业早盘高开高走，强势特征十分明显，下午14：09，该股票涨停（见图16）。其实涨到11.80元就已经实现我播种100股云南铜业的计划了。在大盘如此强势的情况下，我决定将此播种计划延长一周，目标卖出价位元是12.72元，卖出数量是1200股，播种计划是200股云南铜业。谁能说未来云南铜业的股价不会再次站上98元呢？当然，买入股票就立即期待它暴涨是极不现实的。我给云南铜业的计划卖出价格定位在90元以上，不涨到这个价位我就是不卖，反正这股票资产是不花钱得来的，既不怕跌，也不怕涨，这就是如此炒股的心态。人常说心态要好，我说炒股更需要好心态。股市涨也高兴，跌也高兴，试问有几人可以做到？能够做到的人恐怕为数不多。

周五，大盘顽强地站在了2181.24点，在我的股票责任田里，云南铜业和金晶科技以涨停报收；火箭股份和方正科技的涨幅均在5%以上；其余的西山煤电在2月5日上涨了5%以上，今天又上涨了2.56%，总体上还算不错；中海海盛上涨了3.93%；而我2月4日卖出的生益科技今天有点休整的意思，只上涨了1.08%。截至收盘，我的股票账户里的股票市值已经是24273元，账户资产总值是39276.99元。

本周作为2009年新年后的第一个交易周，我取得的成绩还是不错的。首先超额完成了播种的计划任务，生益科技和中海海盛各播种100股；其次是云南铜业买入第三天即以涨停报收，为完成下周的任务奠定了良好的基础。按照今天的收盘价计算，生益科技收盘6.58元，中海海盛收盘6.61元，云南铜业收盘11.88元（合计收益见下表）。

本周大盘从2008.13点开盘，涨至本周五的2181.24点，涨幅为8.62%。我按照账面打入资金30730元本金计算，本周的实际收益率是8.75%。还好，略强过本周大盘涨幅。

当然，这个收益率并没有计算已经播种成功的股票种子本周的成长率，按照我在本周以前拥有的火箭股份、北京城建、西山煤电、金晶科技和方正科技共900股种子计算，2009年1月23日收盘，这些种子市值合计是5655元，截至2009年2月6日收盘这5支股票的市值已经上涨到6322元，涨幅为11.79%，远超过本周的大盘涨幅。

因此，我的股市收益率实际上由两部分组成，第一是最新播种股票收益，第二是原始股票中的成长收益。本周我的最新播种股票收益是2691元，原始股票成长收益是667元，合计是3358元，按照我投入本金30730元计算，本周实际综合收益率是10.92%，在大环境向好的情况下，本周属于超额完成了投资理财计划。

对了，顺便说一句，今天我平出了粤传媒，7.08元买入，7.12元2000股全部卖掉，在周末成功回笼了资金。在对周五沪深股市涨停股票的筛选上，决定下周积极关注北辰实业（601588）、招商银行（600036）这两支股票。

云南铜业交易记录及点评

交收日期	证券代码	交易类别	成交价格	成交数量	证券余额	成交金额	费用合计
20090204	000878	买入	10.90	1400	1400	−15260	−30.52

交易点评：《孙子兵法》里说："君命有所不受。"同样，对于率领自己真金白银战队征战股市的每个投资者而言，在采用任何工具和方法进行操作时，都不能机械地死板地操作，而要懂得因时制宜、因地制宜、因势制宜。

零成本播种法虽然提倡够100股即播种的理念，但是要善于灵活掌握。对于自己认可的强势品种，不妨多持股一些时间，这颇有些乘胜追击、扩大战果的意味。其次，在股市中不仅要体会到股市靠赚取差价赢利的快感，还要开始体会到播种的种子股票的自身成长带给我的快乐和成就感。

第九粒种子

the 9th seed

云南铜业——乘胜追击、扩大战果

开始时间：2009年2月9日

结束时间：2009年2月12日

操作周期：3天

投资结果：播种云南铜业200股，当日市值2882元。

一看题目，您可能认为我写错了，怎么还是云南铜业？没错，还是云南铜业。这是我对操作思路上的又一次革新。原来我的操作思路是投资一支股票后，达到卖出计划后即可卖出，卖出后再关注其他的股票，看是否可以购买，是否在该支股票自身上存在播种的可能，以达到播种多支股票种子的目的，关注的视线就从前面那只成功播种的股票上暂时转移开了。

在成功获得收益置换股票种子的灵感后，我的股票种子播种的速度得到了明显提升。如果我们买入的是一只异常强势的股票，则在该股票持续强势上涨的过程中，我们应该适度调整播种计划，既然那么多资金都追涨云南铜业，那为什么不让抬轿子的多送我们一程呢？这一小节说的就是我完成云南铜业200股播种计划后，再次买入云南铜业的操作过程。

2009年2月9日，星期一，上证指数继续高开高走。云南铜业高开维持强势。时间不到10点，已经达到我上周五预计卖出的价位，考虑到今天可能会很忙，没有时间盯盘，为了完成既定计划，我立刻挂单12.70元卖出了1200股云南铜业，从而成功播种了200股。

卖出云南铜业后，该股继续上攻，直至涨停。我在关注的数十支股票中反复筛选，没有发现非常有感觉的股票。上周五决定积极关注的北辰实业也已经涨停，买不上了，而招商银行似乎不在这波行情中。

在消息面上，国家经济复苏迹象明显，此轮上涨有色金属、轻工制造业、煤炭、纸业、家用电器等十分抢眼，主要是因为国家振兴规划的陆续出台。综合看中国铝业、云南铜业，在国家经济复苏中将获益良多，毕竟国家经济发展需要大量的铝和铜。而据媒体分析，有色金属板块成为了基金加仓的重要对象。由于云南铜业全天强势特征十分明显，于是我决定继续在该股上扩大战果。

下午14：20分左右，大盘遭到获利盘涌出，压力开始下跌，云南铜业、北辰实业也被打开了涨停板。我开始犹豫是加仓2000股云南铜业还是购买7000股北辰实业，时间不等人，谁知道什么时候又会封住涨停。最终，我决定加仓2000股云南铜业，明后两天再赚取10%的收益即可安全撤军，卖出1800股，那样，我就等于播种了400股云南铜业。

回首看我播种成功的股票，金晶科技、西山煤电、北京城建的走势相当凌厉，金晶科技在我2009年1月23日卖出后，又上涨了将近20%，2月9日该股同样涨停，股价是9.99元；西山煤电在我2009年1月8日卖出后，也继续上涨了15%左右，2月9日该股涨到了16.66元；北京城建我卖出的时间较早，是2008年12月12日，卖出的价位较高，该股后来充分调整，2008年12月31日最低下跌到7元，如果我给予适度关注，应该可以至少再操作一把，截至2月9日，该股已经上涨到了10.88元，涨幅高达50%。所以，关注自己购买过的股票，相对于其它股票，你至少要熟悉一些。如果他再度跌到你以前购买的价位，那么就不妨研究研究，说不定又是一次播种的机会。

回首以前的股票种子，也让我看到了如此播种的希望，看到了无限光明的前途。设想一下，假如我的金晶科技、西山煤电、北京城建的股票种子不是各100股，而是各1000股、2000股甚至3000股，那么种子成长的规模效益就会立刻呈现出来。目前我的股票种子数量是1300股，共8支股票。

2009年2月10日，上证指数走出了大幅震荡行情，最终股指盘中又创出了新高2266.40点，收盘点位是2265.16点（见图18）。有色金属类和房地产股票为大盘再次站上2200点立了下汗马功劳。

下午单位有事，需要两点就把数据送到朝阳区建外SOHO，但是单位没有数据，我必须先到四惠现代城去取。这意味着我就没有时间盯盘了。

在通往国贸的10号线地铁上，我始终在考虑是否挂单14.30元卖出云南铜业，因为已经累计涨幅不少，万一大盘跳水，则恐怕会功亏一篑。脑海里走了一遍昨天和今天上午的云南铜业走势，似乎主力非常强势，甚至一度在大盘跳水时仍然保持上涨5%

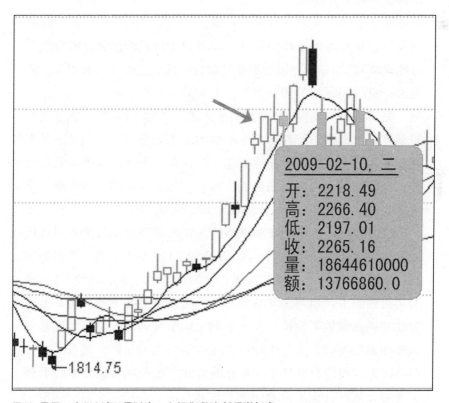

2009-02-10, 二
开：2218.49
高：2266.40
低：2197.01
收：2265.16
量：18644610000
额：13766860.0

1814.75

图18 显示，自2009年1月以来，上证指数连创反弹新高。

以上。消息面上有铜价继续看涨的新闻报道，于是我决定坚定持有。下午14：32分，我通过拨打电话查询了云南铜业当时的报价，是14.10元，还好，还在14元以上，我的心这才彻底踏实下来，因为这意味着该股的今日涨幅至少在7%以上，到了15点，我再次查询，最终收盘云南铜业再次涨停，顽强地收在了14.38元。

我为自己能够踏准这次有色金属类股票价格飙涨而感到庆幸，同时也对国家设立股票价格涨跌幅10%的限制有了新的认识。此次再次买入2000股云南铜业，正好是由于有10%涨幅的限制，才使得我有机会在该股打开涨停板的时候追了进去，否则恐怕该股早已经是20元以上的高位了，而我是否有胆量在20元以上追涨则会成为问题。这样虽然我在12.70元卖出了1200股，13.04元又买回了2000股，但是实际上我的损失不过只有不到400元而已，涨停板的限制使我能够在较低的价位追涨一支上涨趋势明显的股票，从而获得可观的收益。

晚上上网，看到一则报道：传言国储局已经开始逐步从国内保税区仓库和海外市场购买铜，计划逐步将铜储备从目前的约30万吨提高到100万吨。该增加收储传言，使国内铜价出现较大幅度上涨。自2月3日~2月9日上午，上海期铜价格上涨超过4000元／吨，幅度在13%以上。最新期铜报价达到29500元／吨。在期铜的带领下，沪铝、沪锌都出现了小幅的上涨态势。本轮铜等金属价格的上涨不是由于消费旺盛引起的，在基本需求没有出现转机之前，铜价继续大幅上涨的可能性较小。预期上半年金属价格仍会然弱势运行，相关公司的业绩难以出现改善。

2009年2月11日，云南铜业在冲高到15.47元新高后开始随大盘跳水，一波低过一波，我的心情开始紧张起来，最低价甚至跌到了13.89元。人为什么就难以克服自己的贪念呢？下午14：40分，股价再次跌到了14.20元，我犹豫在抛与不抛之间。抛吧，万一是庄家快速洗盘呢？不抛吧，万一真的是庄家逐步减仓了呢？就在我犹豫矛盾的时候，云南铜业股价发生了惊天大逆转，尾盘的20分钟内，云南铜业以近乎80度的走势直线拉升，最高回升到了14.95元左右，最终收盘在14.80元（见图19）。

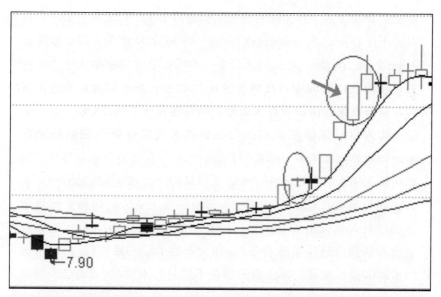

图19 显示，云南铜业2008年12月31日再次见底7.90元后，股价节节攀升。2009年2月10日收盘涨停，2月11日收盘价14.80元。

晚上在网上查询了关于铜方面的新闻，得到上海期铜跌停的消息。此外，还有浙江游资涨停敢死队追涨云南铜业的消息，他们一旦获利，即可获利了结。我想，毕竟云南铜业已经累计涨幅到50%以上，游资撤退是很可能的。既然大盘也在冲高后进行调整，需要消化获利盘，那我也暂时歇歇脚吧！于是我决定明天卖出云南铜业，按照原定的再播种200股的计划卖出1800股，回笼全部资金。

2009年2月12日上午两个小时内，云南铜业价格逐渐走低，没有持续2月11日尾盘的强势提升价格，反而随大盘持续下跌，午盘价格收在14.16元。由于下午要随单位领导外出，所以在下午开盘后，我选择挂单14.50元，如果下午大盘能够反抽一下，也许可以成功实现计划播种。15：00收盘时，经电话查询，我已经成功卖出。

截至2009年2月12日，我已经成功播种了9支股票，合计1500股，当日累计市值是14142元，按照本金30730元计算，收益率为46%。这距离我今年的计划播种5000股的目标虽然还有3500股的距离，不过我信心十足，毕竟现在节后刚刚开市不到两周时间。

总结此次云南铜业的经验教训，主要有两点：第一是大环境好应该乘胜扩大战果，而不要过分拘泥于计划，僵硬地执行计划只会降低播种的速度；第二还是贪念一定要克服。我想，应该给贪念设置一个涨停板，这个涨停板的比例就是10%～20%。举个例子，本来此次计划是想在原来播种200股的基础上，再播种200股即可，幸运的是2月11日上午云南铜业早盘高走最高价涨至15.47元，只要我以15.35元的价格卖出，就可以成功播种300股，加上原来的200股合计是500股，这等于比播种400股的计划多播种了100股，这100股相当于400股的25%，如果不是贪念作怪，还想再多挣100股累计是600股的话，那么这500股就成功了。所以，以后一定要给贪念设定一个涨停板。

云南铜业交易记录及点评

交收日期	证券代码	交易类别	成交价格	成交数量	证券余额	成交金额	费用合计
20090209	000878	卖出	12.70	1200	200	15240	-45.72
20090209	000878	买入	13.04	2000	2200	-26080	-52.16
20090212	000878	卖出	14.50	1800	400	26100	-78.30
合计					400	0	-206.7

交易点评：成功播种400股云南铜业的经历，总有种"宜将剩勇追穷寇"的畅快感觉。炒股真的和打仗是如此的相似，当战机来临时，要及时把握，哪怕是刚刚卖出的股票，只要还能赚钱，谁说刚卖出的东西就不能买回来？

400股云南铜业的交易成本是每股0.516元，成功实现了零成本（每股购买价1元以下）操作。

第十粒种子

the 10th seed

中体产业——大盘创新高前的明智之选

开始时间：2009年2月13日

结束时间：2009年2月18日

操作周期：5天

投资结果：播种中体产业400股，当日市值3560元

2009年2月13日　星期五　天气小雨

又到星期五，这已经是节后第二周。昨天北京终于结束了长达110天没有雨水的天气，从昨天下午开始下雨，一直下到了当天夜里。好久没有听到天井里传来的雨声了，站在窗前，听着这久违的雨声，感觉是那样的沉静，那样的舒服。希望雨能够下得再长久些，让这比油都金贵的甘霖普降大地，驱走旱魔。

今天早上驱车去上班，明显感觉空气异常清新湿润，这是久违的清新的空气。我想这也许是个吉兆。虽然昨天我卖出了云南铜业，但是昨天大盘下午重拾升势，不得不令人继续关注。我计划如果今日大盘剧烈震荡，倘若云南铜业回调到14元以下，那我就可以再买入2000股。

早盘开盘10分钟后，即开始跳水。但是云南铜业的价格始终在14.20元以上，我是14.50元卖出的，相差价格不多，况且在如此高位，暂时不动为宜。大盘在9:55止住了跳水的脚步，开始上攻，一波强过一波，一浪高过一浪。我反复查看了关注的多支股票的走势，决定在中体产业和北辰股份之间做个选择。

在认真研究了中体产业的多种技术图形后（见图20），在上午10：43左右，我挂单7.90元实时买入了3000股中体产业，准备为完成下周的播种任务提前谋划。我之所以买进中体产业，有两方面原因：第一是中体产业的历史最高股价曾经达到过55.76元，要远高于北辰实业的最高股价；第二是在10：43前中体的走势看起来要强于北辰实业。

下午，上证指数在接近尾盘时，终于创出了新高2323.12点，中体产业、北辰股份也以涨停报收，中体产业报收于8.36元（见图21），呵呵，我已经有了0.46元的毛利。经过计算，决定将中体产业的播种计划设定在500股，计划卖出价位是9.50元，卖出数量是2500股。

本周作为2009年新年后的第二个交易周，我取得的成绩还是可圈可点的。首先我超额完成了播种100股的计划任务，成功播种200股云南铜业。按照今天周五云南铜业的收盘价14.65元计算，

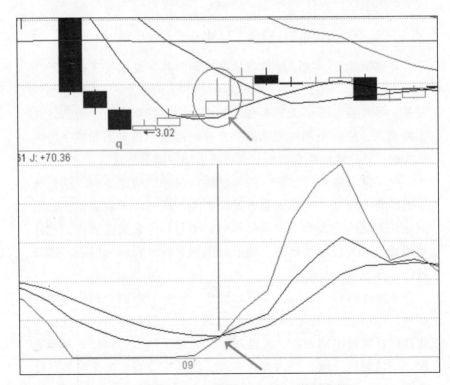

图20 中体产业2009年2月K线图显示，J线即向上与K线、D线形成金叉。

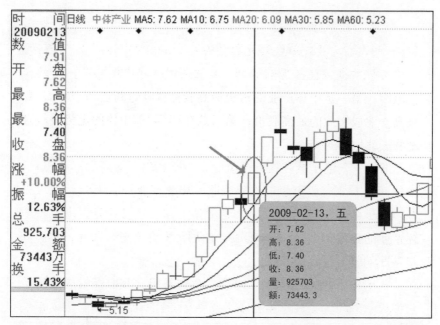

图21 中体产业2009年2月13日K线图显示，当日以8.36元涨停报收，充分验证了月K线代表未来趋势的判断。

相当于投资收益2930元。

本周大盘从2211.32点高开，涨至本周五的2320.79点，涨幅在4.95%。我按照账面打入资金30730元本金计算，云南铜业播种200股按照周五收盘价收益2930元，中体产业今天买入后涨停浮盈1380元，本周的实际收益率是14.02%，远远超过本周大盘涨幅。

本周以前拥有的火箭股份、北京城建、西山煤电、金晶科技、方正科技、生益科技、中海海盛和云南铜业共1300股种子计算，2009年1月23日收盘这些种子市值合计是5655元，截至2009年2月6日收盘这5支股票的市值已经上涨到6322元，涨幅在11.79%，远远超过本周大盘涨幅。

2009年2月16日　星期一　天气晴

今天是星期一，由于我的汽车尾号为"2"，受车辆出行的限制，只好乘坐公共汽车出行。不巧的是，今天还是学生开学的日子，车上学生很多，十分拥挤。在木樨园换乘300快公共汽车，一路上人很多，尤其是外地的打工者。在车上，一边忍受着乘客的

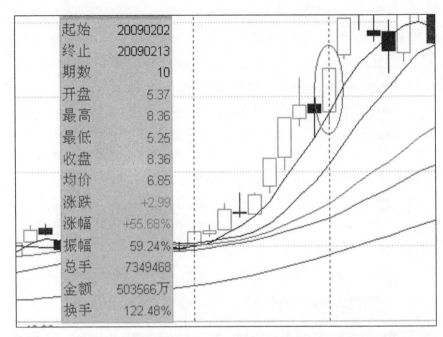

起始	20090202
终止	20090213
期数	10
开盘	5.37
最高	8.36
最低	5.25
收盘	8.36
均价	6.85
涨跌	+2.99
涨幅	+55.68%
振幅	59.24%
总手	7349468
金额	503566万
换手	122.48%

图22 显示，中体产业从累计2009年2月2日起至2月13日收盘，已经累计涨幅55.68%。

拥来挤去，一边想着如何才能够缓解公交拥堵和改善城市公交环境。确实，和天津、上海1.5元和2元的票价比较，北京的票价0.40元太便宜了。涌入北京的外地人明显超出了这座城市所能承载的负荷。

新的一周开始了，今天早盘承接上周五的强势，高开17.97点，以2338.76点开盘，在摸到2365.24点后即开始在地产股的带领下跳水。全天虽然有三波跳水走势，而且一波比一波低，但是均被顽强地拉起。这主要得益于金融蓝筹股的走强。

上周五刚刚买入的中体产业今天走势喜人，高开高走，全天基本在8.60元的价位上下波动，即使在大盘的三波跳水走势下，该股股价未出现明显的随波逐流，由此可见该股后市走势是可以期待的。下午14：32，该股涨停，以9.20元报收（见图20）。照此走势，明天该股上涨到9.50元应该没有问题，我的播种500股中体产业的计划也就可以实现了。

今天我密切关注的北辰实业却走势平平，在大盘再创新高的态势下，该股今天高开后大幅震荡，最终收盘在4.69元，只微涨了1.3%。很明显,该股票主力洗盘的意向明显,也许是我收藏该股票的良好机会。假定购买价格是4.7元,那么收藏500股的资金就是2350元,将这2350元摊进中体产业的股票成本中,就是26050元,这意味着如果中体产业的股价涨到10.42元,那么我就可以卖掉2500股中体产业,再用赚取的2350元购买500股北辰实业,这样既成功播种了500股中体产业,又成功播种了500股北辰实业,可谓一举两得,大快人心。不过,中体产业即使明天再度涨停,也不过是10.12元,因此还要看周三周四的走势。

看中体的周K线走势,涨到11元应该没有问题。此外,从今天的涨停板股票中,我又选出了两只值得关注的股票,一个是太钢不锈(代码000825),今日收盘价是6.33元;一只是长安汽车(代码000625),今日收盘价是4.04元。我的账面上还有6337.40元,可以适当买入1000股太钢不锈或者1500股长安汽车。

晚上临睡前,在电视以及网络上看到几则新闻,一则是说钢铁股集体发力,里面就提到了太钢不锈,不过太钢不锈是大盘股,还提到了长安汽车,汽车股早已集体上涨,有报道称长安汽车积极向海外开疆扩土。一则是《每日经济新闻》报道说:"钢铁个股的强势爆发,除了钢铁板块前期相对大盘滞涨外,或许背后还有另一层原因——钢材期货上市准备就绪。早在本月初上海期货交易所与中国期货业协会就下达了联合举办钢材期货分析师培训班,通知下达,一时间引来了市场的纷纷热议,为了首先抢占钢铁行业的市场份额,各大期货公司纷纷调兵遣将积极备战钢材期货,钢材期货分析师也成了各大期货公司争先抢夺的目标。而对于国内的钢铁行业,钢铁期货的推出也有助于相应钢铁企业进行钢铁期货的套期保值,制定成产计划,避免现货价格不利变动带来的风险。"

考虑到我还没有播种汽车类的股票,于是我决定明天积极关注长安汽车,太钢不锈则暂时不予介入。我已经有云南铜业400股了。

在电视上还看到北京电视台经济频道主持人长盛和三个经济专家共同主持的一个栏目,名字没有记住。但是里面提到的中国积极海外并购，主要的因素之一有担心美元大幅贬值的问题。倘若美国人只顾自己狂印钞票，那么中国人手中的美元势必大幅缩水。因此，在美元尚未大幅缩水前，最明智的办法就是把它换成实际的资产或者资源。不过，外国人也没有那么傻，就眼看着你廉价收购人家的资产。中铝收购力拓就遭遇了西方国家的强力阻扰。据《北京晨报》2月16日报道："事实上，在中铝与力拓的联姻进程中，澳方一直担心力拓持有的'具有战略意义'的矿石资源被他国投资者轻易买走。去年澳大利亚政府曾公开表示，中铝若想进入董事会，或者增持股份到15%以上，都需获得批准。"这些困难反映在今天中国铝业的股价上是不涨反跌。当然，这些并不会影响我对中国铝业的积极播种。

其实，我现在所执行的操作手法与中铝海外收购何其相似，既然我们明知未来的股票价格会有涨跌，那么积极地将手中的现金换成尽可能多的资源，同时本着鸡蛋不放在一个篮子里的原则，持股待涨，毕竟实体企业是要发展的，再大的经济危机也会过去。最重要的是信心，要保持一个乐观向上的心态。

2009年2月17日　星期二　天气晴

2009年2月17日，大盘开始调整的第一天。准备购买的长安汽车全天封住涨停，虽然挂单，但是没有成功买进。消息面上有报道说该股起码还有三到四个涨停，于是我只好明天再试。计划赶不上变化，大盘今天开始调整。上午工作一忙，竟然就错过了在10元卖出中体产业的机会，只好等待明天。

消息面上，大盘走势并不乐观。有股评家预测股市上证指数调整此次可能在2100点，也有专家说调整就是两三天的事，很快股市会重拾升势。至于中体产业，也曝出了绝对利空——大宗抛盘。据《证券日报》报道："2月17日，上交所大宗交易平台上又出现了中体产业的身影。信达证券上海中华路证券营业部以9.3元/股一举抛出500万股，接盘方则是万联证券广州滨江证券营业部。尽管还未出任何公告明确显示，但这次抛盘方仍然很有可能是中体产业第二大股东金保利亚洲有限公司(以下简称'金保利')。"

该报道采访到的某证券分析师还称："这波行情与大盘的回

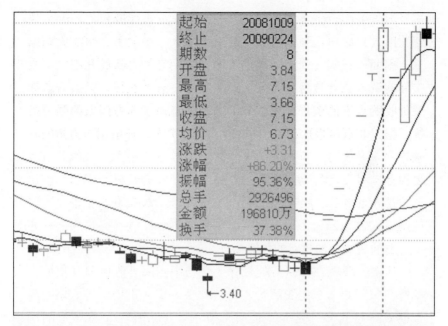

起始	20081009
终止	20090224
期数	8
开盘	3.84
最高	7.15
最低	3.66
收盘	7.15
均价	6.73
涨跌	+3.31
涨幅	+86.20%
振幅	95.36%
总手	2926496
金额	196810万
换手	37.38%

图23 显示，从2009年2月16日复盘后，长安汽车连续拉升涨停。最终使我没有能成功播种该股票。从2009年2月16日到2月24日，短短8个交易日，该股票已经上涨了86.20%。

暖不无关系，但从今天的交易来看有明显的主力出逃迹象，这从大单与超大单减持数据就可以看出来。同时今天有大量的散户进入，可以看到追高买入比较多。今天K线是高开低走，交易量是这轮行情最大的，长阴线显示出做空势力强劲。明天很有可能会低开走高，然后剧烈波动，好掩护主力资金出逃。"

2009年2月18日　星期三　天气小雪

2月18日凌晨，天空依然飘着雪花。今天是中国24节气中的"雨水"。《月令七十二候集解》中说："正月中，天一生水。春始属木，然生木者必水也，故立春后继之雨水。且东风既解冻，则散而为雨矣。"在每年的2月18日前后，太阳到达黄经330度，为交"雨水"节气。雨水，表示有两层意思，一是天气回暖，降水量逐渐增多了，二是在降水形式上，雪逐渐减少，雨逐渐增多。我始终佩服中国古人的智慧，每逢24节气，天气总会有所变化以应节气，十分的准。虽然雪越下越大，可以缓解百日的旱情，但是晚上庄稼却容易上冻，也不是好事情。这两天的股市

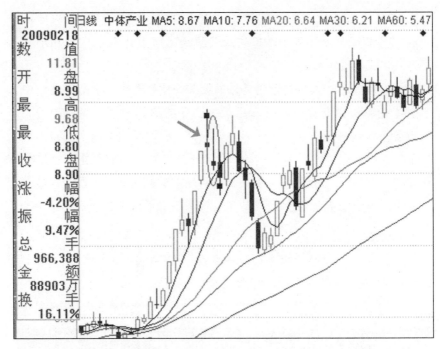

图24 显示，中体产业2009年2月17日和2月18日均大幅振荡，振幅分别达到11.96%和9.47%。

真的好像这两天的天气，气温骤降。

今天中体产业的走势果然如前面提到的分析师所说，全天该股剧烈波动（见图24），该股上午最高摸到9.68元，最低8.8元，下午15：00收盘价是8.9元。说实话，我几乎难以克制的贪心使我丧失了今天成功播种500股卖出2500股的三次最佳时机。

第一次是上午9：58，该股最高价9.68元，我完全可以在9.6元卖出，我当时想的是涨到10元再卖出；第二次是11：04，该股反弹到9.50元，我可以在9.49元卖出，我当时仍然幻想该股票能够像昨天一样强势震荡上攻；第三次是下午13：52，该股反弹到9.40元，我可以卖一个较好的价钱，当时我想的是再稍稍涨到9.50元我再卖出，就可以成功播种500股了。但是，在中体产业反弹到9.40元后，上证指数又掉头向下，中体也随之回落。

下午14：28分，离休市还有半个小时的时间，看看大盘的颓势大幅反弹无望，再想想中体产业大宗抛盘，也许该股之所以没有跌停，主要是主力筹码还没有抛完所致。想到此，我立刻挂单

9.25元成功卖出了2600股中体产业，成功播种了400股中体产业。至此，全部本金30000余元又回到了账上，我已经成功播种了1900股。

后市在2100点左右仍然可以继续关注中体产业、北辰实业、中国铝业以及招商银行。招商银行吸引我的原因是因为该股的动态市盈率目前只有8.46。晚上18：00左右，看到新闻网站上发布的一则新闻《两部委澄清利空传言A股是否突变》，内容的主要意思是2009年2月17日A股下挫主要是受某网站发文或转载《发改委官员称人民币可能贬值至7》的文章影响，国家发改委特发严正声明：

2009年2月18日在大洋网—广州日报网等网站刊登或转载的有关"发改委官员称人民币可能贬值至7"的文章，纯属捏造，我委负责同志从未接受过任何媒体采访，也未发表过类似言论，特此声明。

国家发展改革委新闻办

2009年2月18日（国家发展和改革委员会网站）

国家外汇管理局副局长邓先宏在今日上午10点国务院新闻办公室召开的新闻发布会上澄清，不存在外资大量逃出的现象。

其实，媒体上也有不同的非常冷静的声音，我比较认同国元证券研究员郑旻的解读："在经济大势如此恶劣的情况下，这轮行情只是信贷投放过量，资金充沛导致行情启动。郑旻认为，信贷资金在上涨的时候是推动股市的，但票据融资的期限却是很短的，一旦票据到期就会令市场更快速下跌。现在大部分人都认为2800点甚至3000点必到，如今只是短期调整，而大部分人的观点则是错的。郑旻称，市场气氛现在已经达到疯狂的程度，垃圾股题材股都翻了好几番，成交量也接近2007年9月时的水平，这么大的量预示着行情见顶。郑旻称，市场每天都是盘内调整，尾盘拉起。犹豫中上行，并不断教育人们要持股为主，总有一天盘中的下跌会再也拉不起来，而此时大部分人都认为是'正常回调'，今天已经有这个趋势了。"确实，2007年很多人都认为股指能够上8000点甚至10000点，结果被市场残酷地验证那是错误的，市场永远和绝大多数人的想法相逆，真理永远掌握在少数人的手里。

至于这则澄清信息能否改变明天股市的走势，我拭目以待。

倘若明天上涨，那我有1900股股票在里面，不算踏空；倘若明天持续下跌，那也可以继续关注中体产业股价，8元可以再杀入；北辰实业4元可杀入；招商银行14.00元可以杀入。

2009年2月19日　星期四　天气阴转晴

昨天夜里的雪由小雪转成了中雪，早上起来发现整个小区被厚厚的积雪所覆盖，人走在上面能听到咯吱咯吱的踩雪声。我找了张卡片轻轻拂去车身上的积雪，雪很厚，足有三四厘米，然后用雪使劲搓了搓手，虽然感觉很冷，但是一会儿手竟然感觉很热了。

今日早盘，上证指数受昨日利好刺激，果然高开了近15点。但是个股好像普遍并不领情，仅仅1分钟后大盘就开始跳水，全天大盘大幅震荡。我积极关注的中体产业最低下跌到8.26元，虽然已经回补了前期8.36元的跳空缺口，但是由于大盘最低只回落到2190.47点，并没有回补2009年2月6日和9日的跳空缺口2185.09点（见图25），因此我还是抱有十分的警惕，认为后期大盘必将震荡向下回补缺口，那样中体产业也会随之下调，8元的价格应该可以期待。

此外，我关注的中国铝业今天的股价最低也跌到了9.88元，

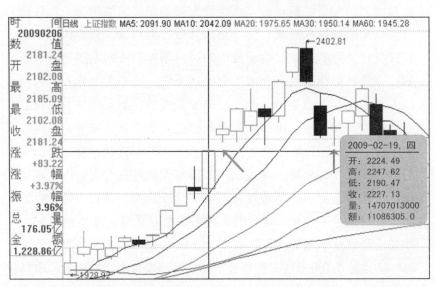

图25　显示，上证指数2009年2月6日最高为2185.09点，2月9日以2211.32点高开。2月19日最低为2190.47点。

从日K线图上看，该股还有继续回调的空间。

2009年2月20日　星期五　天气晴

这是节后第三周了。今天大盘的走势大大出乎我的意料，全天震荡向上，尾盘大幅拉升。上证指数收在2261.48点，相比昨天收盘上涨了34.35点，涨幅为1.51%。更出乎我意料的是中体产业竟然大涨了将近8%，收盘在9.33元，比昨天的最低价8.26元上涨了1.07元。我错过了一次播种的良机。这主要是我昨天判断的失误。

在昨天中体产业回补前期缺口后，我还认为大盘没有回补前期缺口，那么中体产业还会随大盘回补时继续下跌，其实我忘记了本次行情主要做多主力都是题材股和小盘股，这些股票的走势远远超过大盘，换句话说，这些股票不受大盘太多的影响。既然中体急速下跌回补了缺口，那么它就会掉头反弹。当然，谨慎是应该的。这次谨慎也是想出于规避大盘回调的风险，等待大盘调到2100点再杀入。结果没有想到，我竟然踏空了。还好，我还有已经播种的1900股种子在，经统计，我的种子股票市值今天上涨了3%多。

中体产业交易记录及点评

交收日期	证券代码	交易类别	成交价格	成交数量	证券余额	成交金额	费用合计
20090213	000878	买入	7.9	3000	3000	23700	-50.4
20090218	000878	卖出	9.25	2600	400	24050	-74.75
合计					400	350	-125.15

交易点评：中体产业最终没有实现500股的播种计划，主要是因为我依然无法克服贪婪欲望的逐渐膨胀。制订的卖出计划因后市股价的走势不断调整，从9.50元上调到10.42元，从10.42元又调整到10元。这实际上属于我不自觉地又陷入传统炒股方法中——有计划而不严格执行计划。

本次中体产业的交易播种了400股，交易成本为-224.85元，再次实现了不仅零成本播种，而且还是负成本播种。

2009年2月24日　星期二　天气晴

昨天由于工作太忙，以至于耽误了盯盘，致使没有买进中信国安或者中体产业。大盘强势上扬，全天高开高走，一片繁荣景象。我终于也成为踏空一族，好在我还有1900股股票，约占我资金总额的40%。昨天收盘后统计，市值上涨了1300多元。

可是，本周播种100股的计划任务尚未完成。虽然本周是2009年2月的最后一个交易周，但是我仍然需要严格按照计划行事。本周不需要给自己太大的压力，只需要播种100股即可，这样整个2月份我就成功播种了1100股，将超额完成计划任务。

2009年2月22日，山西省屯兰煤矿于22日发生矿灾事故，人员伤亡惨重，对于死伤的煤矿工人遭遇的不幸我深表同情与关注。此次事故涉及到我所持有的西山煤电股票，该股票本周一停盘一天。来自《中国证券报》的报道说："中国证券报记者从西山煤电证券部人士处了解到，屯兰煤矿属于公司大股东山西焦煤集团旗下的西山煤电集团，与上市公司的经营无关，此次矿难不会影响到公司的正常经营。"就西山煤电集团与西山煤电上市公司的关系，我个人理解可能是类似中国人寿集团公司与中国人寿上市公司的关系。

至于此次矿难是否会影响西山煤电的后期走势，我个人判断不受影响是不可能的，但股市投资往往需要逆向思维。如果该股开盘立即下跌较深，那我认为是买入的良机。但是否真的买入该股票，还需要对后市进行观察。

昨天晚上我还把目光锁定在中信国安这支股票上，前天该股上涨了7.64%，昨天该股涨停，上涨了9.97%（见图26），相对于其他股票该股表现异常强势。根据我的第一定律，该股应该还有继续上攻的动能和空间。

早盘消息面上，昨夜美股创自1997年10月28日以来的新低，道指下跌了251点。A股受其影响，低开32点。今天A股能否继续走出独立行情，恐怕难度很大。当然，不排除主力借此机会洗盘，毕竟已经反弹了三天，积累了不少获利筹码。

今天早盘，西山煤电没有出现大幅下挫的走势，于是我便将

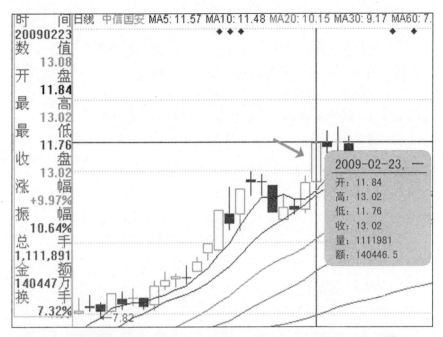

图26 显示，在中信国安2009年2月23日涨停后，2月24日、25日连续两日仍有上冲，最高摸至13.48元后才开始回落。

注意力转移到中信国安这支股票上。我分两批买入了2000股中信国安，均价是13.01元，计划抛出价格是13.70元，计划抛出数量是1900股，计划播种100股中信国安。

不过，虽然昨天大盘强势反弹至2300点以上，但从大盘的猎狐先觉技术指标看，大盘并没有改变持续调整的走势，其主力控盘指标已经跌到了主力弃盘指标线下，并有向下加速的趋势，不能不令人警惕。看到这里，我又开始后悔自己过早买入中信国安了。

我开始犹豫自己的长线操作策略，是否应该加入相应变化。即在该股较高价位时卖出，卖出该股的资金不动，等待该股票调整到一定低位时再买入。这样既可以保持长期操作策略不变，又可以赚取部分价差。当然，这需要工作记录得更加认真详细，计算上要更加精确。

2009年2月25日　星期三　天气晴

今日大盘承接昨日的下跌走势，继续向下，终于在上午10：03

跌到2184.92点，快速回补了2月9日的跳空高开的缺口。随后上证指数开始强力反弹，但是不过半个小时，股指就继续大幅跳水，下午13：31跌到2142.60点后，在招商银行大幅带动下大盘开始迅速拉升，一举重回2200点上方，可谓是出人意料，行情惊天逆转，截至收盘，最终股指收复了2200点，以2206.57点报收。

大盘巨幅震荡，由于我的多股票播种计划，所以我体会到了不把所有鸡蛋放在一个篮子里的好处。截至今天，我共持有10支股票，这10支股票今天的表现见下表：

名称	数量	昨收盘	涨跌幅	盈亏额	总盈亏
方正科技	500	3.7	−0.54%	−0.019	−9.99
西山煤电	100	15.62	−6.72%	−1.049	−104.96
北京城建	100	11.71	−5.29%	−0.619	−61.945
金晶科技	100	11.98	−3.26%	−0.39	−39.054
生益科技	100	6.48	−1.85%	−0.119	−11.988
中海海盛	100	6.77	4.73%	0.32	32.022
云南铜业	400	14.61	2.81%	0.41	164.216
火箭股份	100	12.02	8.07%	0.97	97.0014
中体产业	400	8.77	−2.17%	−0.19	−76.123
中信国安	2000	12.86	1.24%	0.159	318.928

注：合计日市值增长308.09元。

从上表中的数据可以看出，尽管西山煤电、北京城建、金晶科技跌幅较大，平均跌幅在5%以上，但是这三支股票合计跌掉的市值不过是200元左右，对我整个股票责任田的市值下跌影响不大。由于我目前还持有中信国安的2000股股票，其上涨大大抵销了我股票整体市值的下跌，可谓此跌彼涨。即使不计算中信国安的账面市值回升部分318.92元，其余九支股票全天的市值下跌也仅有10.82元，可见多种股票播种是可以把风险消化在市场内部的。

实际上，今天中信国安的走势还是相当不错的，最高曾经摸高到13.48元，当时已经有900多元的浮盈。从该股技术图形上看，该股票仍然处于强势整理，待充分洗盘后又可能会大幅拉升。我的卖出计划是13.70元，卖出1900股，播种100股。

2009年3月4日　星期三　天气阴有小雨加雪

昨天，是两会召开的第一天。A股受美国股市继续大幅走低的影响，相比周一低开了46点多，全天震荡上行，虽然在下午两点后遭遇重大抛售压力，但是仍然顽强地收盘在2071.43点，仅比周一下跌了22点。

我虽然有10支股票，但我最关心的还是中信国安，毕竟它套住了我26000元的资金。操作中信国安给我的经验有，教训也有。经验是投资该股票再一次验证了我的陈氏股票第一定律，我买入该股票后次日即2009年2月25日，该股票惯性上涨至最高13.48元，如果我在13.45元卖出，那我还是有800元的收益，将该股票的收益转换成其他的股票种子是没有任何问题的。教训有两点：一是没有严格遵循制定的纪律，次日倘若一击不中即刻撤退的铁律，即便是2月25日早盘该股也上冲到13.21元，如果我严格执行纪律，则还是可以全身而退的，毕竟我的买入成本只有13.01元；二是我早已看到大盘的猎狐先觉技术指标中主力控盘能量在逐渐减少，而弃盘指标在逐渐上升，但我却在幻想中信能够上冲一下，毕竟当时的价格离13.70元的价位并不算遥远。

昨天我仍然保持着相当的警惕，所以对中信国安早盘的低价10.10元没有补仓，主要原因是账面上只剩下4000多元的现金了。我曾经考虑在10元时买入400股中信，这样就可以将原有13.01元购买的400股中信股票的价格摊平到11.5元，这样当中信国安反弹到11.50元时我就可以卖出800股，解救出400股中信国安，剩下的1600股也可以如法炮制，直到全部解放。

对于其他的1900股股票，那是成功播种的种子，是不能随意动的。毕竟还不到收割的时候。眼下是各上市公司逐步公布年报的时候，有的公司的分红非常诱人，十送十，西飞国际更是以10送12的分配方案引人关注，受到投资者的追捧，该股票昨天逆市涨停报收。我所关心的倒不是积极买入些高分红的股票，而是像我的股票种子只有100股，碰上个10送10的还好，如果是10送5

的，那么这50股股票该如何分配给我呢？

有了互联网就是好，什么都不用愁，动动手指就可以轻松获得自己想要了解的信息。原来有不少网友早就提出过这样的问题。卖出股票是不受100整数倍的限制的。

今天的任务是继续关注中信国安的走势，倘若该股票可以反弹到12元，即可考虑卖出2000股，以亏损2000元的结果宣告投资中信国安暂告失败。同时继续关注万科A的走势，帮助老婆在7.7元附近平出掉，然后借此次反弹收回本金，因为老婆的小姨从法国打来电话，说凤凰卫视说A股指数此次行情已经结束，会下跌到1800点，然后才会企稳，进行第二波行情，可能要到下半年了。

我对此持相反的观点，毕竟A股上证指数的月线技术图形走势良好，没有重大突发事件，应该不可能出现跌到1800点的情况。但是，个人投资只能决定自己的资金情况，我还是帮老婆卖出为宜。

今天上午，帮助老婆大人在7.75元卖出了1000股万科A，随后在3.9元买进了3900股北辰实业，这样北辰的买入价格就被摊平到4.27元，而不是原来的4.67元买入价。如果明天股市继续强势上

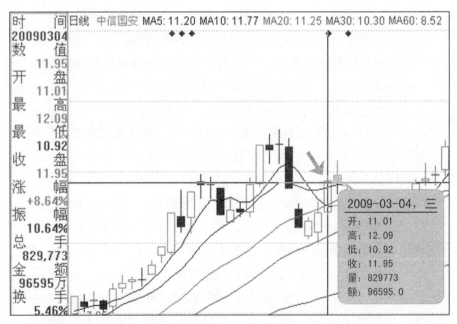

图27 中信国安2009年3月4日K线图。

扬，那么只需要上涨5%即可抛出全部北辰实业股票。

相比较北辰实业，今天中信国安的走势十分强劲，最高摸至12.09元，只差1分钱就涨停了。从日K线图形上看，该股票正在形成金叉，截至下午15：00，该股票收盘价为11.95元，上涨了8.64%（见图27）。明天倘若可以上涨到13元，则我即可全部卖出2000股，赔点手续费已经不错了。只当自己坐了趟过山车，走了些弯路。

2009年3月8日　星期日　天气晴

今天是三八国际妇女节，首先自然是向所有的女同胞致以节日的祝福，这当中自然也包括我的老婆大人。对于有代表在两会期间提出改妇女节为女人节的建议，我认为大可不必。这位委员估计早已忘记了三八国际劳动妇女节的来历，要知道，切实保障妇女合法权益永远要比有名无实重要得多。再说，在《礼记 曲礼下》中记载：天子之妃曰后，诸侯曰夫人，大夫曰孺人，士曰妇人，庶人曰妻。可见，对普通成年女性的称谓自古就是"妇"。呵呵，又扯远了！

本周四早盘，中信国安果然走出了强势，最高上涨到12.56元。眼看13元的卖出价位就要达到，但是随后大盘却开始调头向下。消息面上，有报道称这可能是投资者对两会期间推出超过4万亿的新经济刺激方案落空的反应。无论如何，看来中信国安还要持有一段时间。

其实，有无新的刺激方案并不重要，重要的是我国经济到底是否遭遇了严重的经济危机。在这个问题上，过分担忧或者视而不见都是错误的。对我国而言，最严重的是出口大幅减少和2万亿外汇储备的潜在贬值风险，这是最大的危机。当然，这些问题有政府的智囊团去考虑如何解决，我，作为一介平民百姓，考虑的是如何有效增加自己的财产性收入。

回过头来，我们再来看看中信国安的技术图形。日K线，MACD已经连续走出了6根绿柱，从KDJ、BOLL、OBV等指标上看，该股票下周的走势还有继续下探的空间；从周K线看，各项

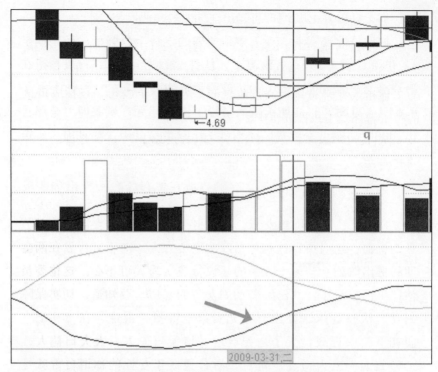

图28 中信国安2009年3月月线猎狐先觉指标划出一个漂亮的圆弧底。

指标还算良好，尤其是OBV、W&R指标趋势向好；从月K线看，各项指标相当良好，尤其是猎狐先觉指标主力控盘线划出一个金黄色的美丽的圆弧底，继续向上迎接弃盘线的缓慢坠落（见图28）。后市向上的空间还是可以期待的。

2009年3月31日　星期二　天气晴

早上照例5点起床，照例是上网，去财经、股票专栏看看有什么新闻，看看政府方面是否又会在半夜或者凌晨发布什么重要公告。果然，中国证监会在今日发布了《首次公开发行股票并在创业板上市管理暂行办法》。

创业板IPO，在目前刚刚有点牛态的股市推出无异于釜底抽薪，虽然当前A股供血十分充足，但是创业板存在的暴富机会无疑会分流大量资金。加上此次《办法》出台又是星夜发布，不由得令我想起了2007年的5.30大跌，那次大跌的导火索是政府连夜推出加征印花税的政策。这次是否会造成股市改变上攻方向掉头向下呢？

让我们回到2007年5月29日。当天上证指数的收盘点位是4334.92点，而当日最高点不过是4335.96点，因此2007年5月29日的上证指数几乎是以最高点收盘的，当时整个股市，包括股市里的投资者都处于极度亢奋中。

次日，即2007年5月30日，上证指数以4087.41点开盘，低开247.51点，最终以4053.09点收盘，跌幅达到6.5%。那么，今天，上证指数会走出怎样的行情呢？政府在现在的点位推出创业板IPO，是基于怎样的考虑呢？在无法揣摩明白政府的思路时，我唯一可以做的就是盯紧手中所有的股票走势，一旦哪只个股跌幅超过6%，即随时抛出，绝对不能让资产再发生像5.30那时的惨剧。那个时候绝大多数人都认为股市会马上反弹，于是惜售，结果越套越深。

我紧盯的两支股票自然是我持有的建发股份和老婆持有的北辰实业。北辰实业不仅没有低开，反而以4.50元的价格高开，显示出了其仍然处于缓慢上涨的态势中。尤其从周线和月线指标看（见图29、图29-1），该股后市可期，涨到6元绝对不成问题。

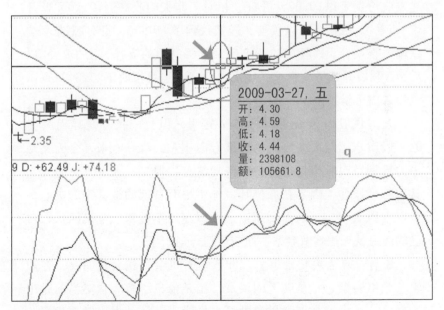

2009-03-27，五
开：4.30
高：4.59
低：4.18
收：4.44
量：2398108
额：105661.8

图29 为北辰实业2009年3月27日周K线，KDJ三线形成金叉后继续上扬。

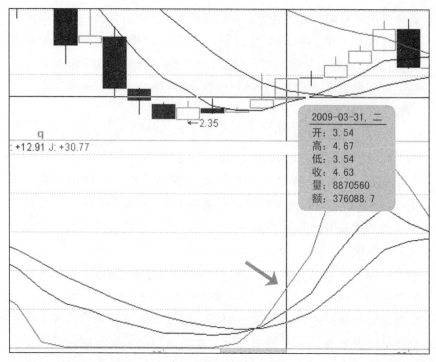

图29-1 为北辰实业2009年3月31日月K线，与3月27日周线一样，KDJ三线形成金叉后继续上扬，预示后市仍可积极做多。

建发股份倒是以10.07元开盘，相对于昨天的收盘价10.40元低开了3.17%，还算是可以接受。最低跌到了9.95元，没有超过6%的跌幅。很明显，A股在2300点受到了强有力的支撑，上午9：58以后，A股展开强势反弹，一线高过一线，最终报收于2373.21点，竟然创出了新高。

人常说股市风云变幻，高深莫测，但有一条却是显而易见的：股市永远与大多数人的思维方向相左。现在看来，今天又是主力借利空对股市进行了一次成功洗盘。但是，大盘点位越高，其实越难操作，因为在低位时，你不用有过度的被套牢的决心，可以大胆买入，一旦涨到高位，所谓高处不胜寒，危机四伏，自己的能力就无法驾驭股票，而应该选择退出了。

还有一点需要记录下来，即我一有机会，就会和朋友、客户聊及股市股票，一是聊天的谈资，二是借机了解大众对当前股市的看法，看大家是愿意投资股票看好股市，还是规避股票投资，而宁愿选择其他方式。还好，我遇到的朋友、客户几乎99%目前都不看好股市，都认为股市忽涨忽跌，飘忽不定，还不如买点债券或者投资房地产（买房子），这其实就意味着当前的股市是安全的，风险是相对较低的。我可以继续持股以待。

2009年4月23日　星期四　天气阴有雨

自2009年3月31日以来，已经有将近一个月没有写投资日记了。不是不想写，而是没有操作，我又像往常散户操作手法一样，被搁置在建发股份上折磨，涨点跌点，跌点涨点，有点利润，卖出不甘心，没有达到目标；不卖，眼看就一个月了，仍然没有股票种子进账。很难受。

昨天大盘早盘的摸高创出了新高，达到了2579.22点。建发股份也随大盘开始狂飙了一把，涨到了11.78元。我开始兴奋，因为距离我的目标价位12.40元已经不远了。但是，众多的股票却并没有上涨，而是在下跌。时机转瞬即逝，行情急转直下，大盘已然变脸。由于当天错过了卖出建发股份和北辰实业的最佳时机，考虑到股指属于快速下挫，应该会有反作用力使股指反弹，在参考了多方面的利空消息后，我决定借反弹之机卖出建发股份和北辰实业，结束这种非常传统的散户操作手法，从下月起，伺机继续实施自己的种子播种计划。

对我影响较大的利空消息主要有以下三条：

第一，传言5月份将重启IPO；

第二，下周开始将有大小非解禁，A股和H股合计解禁的股份超过190亿股；

第三，可能反弹已经到阶段性顶部。

在接近收盘14：57的时候，虽然股指仍在大幅反弹，但我还是选择在11.10元卖出了建发股份，获利了结，盈利3400元（确切的说是回收了一部分我在中信国安上的损失，我在该股票上损失6000元，已经回收了5400元，还有600元）。这也是我没有在建发股份上实施播种手法的原因。一旦有损失，就必须通过股票把损失收回来，以保证在播种时有充足的弹药，可以购买足够的筹码。太少的资金会使买到的筹码太少，这样要求的涨幅就会很大，一般很难完成计划。

也许我需要休息一下，等待股指下跌跌出来上涨的空间后再杀入，目标定位在金融股和资源类的股票，包括：中铝股份、西山煤电、云南铜业、中信证券、中国人寿、招商银行等股票。

4月24日凌晨4：30，我看到了网上的一篇报道，来自《时代周报》，题目是"盛传巴菲特对赵说了七句话股市2009年会反弹"。这七句话分别是："一、独立。如果你做事和别人一样而且只盲目追随别人，则你最后的收益和效果也和别人一样。二、选择收益状况较好，而且把股东利益摆在第一位的企业。三、即便这个企业业绩很出色，你也该以非常合理的价格收购这个企业。四、要进行长期投资。五、不要过度使自己的投资多元化。六、中国股市2009年会反弹。七、丹阳。赵先生，你的钱包又瘪下去了。"

我们且不管这七句话是真是假，至少第一句话是非常重要的，股票投资就是要特立独行，当你以一种超乎寻常的股票投资策略投资时，别人是无法以对付操作手法常态的散户那样使你中招的。而当他们明白过来的时候，你早已绝尘而去，只能令他们望尘莫及。不论怎样，这篇报道都坚定了我继续播种股票的决心。

建发股份交易记录及点评

交收日期	证券代码	交易类别	成交价格	成交数量	证券余额	成交金额	费用合计
20090213	600153	买入	9.40	2000	2000	−18800	−39.60
20090423	600153	卖出	11.10	2000	0	22200	−68.60
合计					0	3400	−108.20

交易点评：既然是打仗，就必定有流血，有战斗减员。要随时注意补充足够的战斗力量。如果没有足够的战斗队伍，那就无法继续进行有效的战斗，没有突击，也就没有收获。

本次建发股份交易成功盈利3291.80元，全部用于补充操作资金。

第十一粒种子

the 11th seed

海通证券——不惧下跌调整，终成正果

开始时间：2009年5月13日

结束时间：2009年6月3日

操作周期：21天

投资结果：播种海通证券100股，当日市值1552元

今天是2009年6月3日，星期三，天气晴，有干热风。很久没有写股票播种日记了，主要是股市操作的难度在增加，指数越高越不敢轻易操作。自从5月8日平出了中信国安后，我已经有一周的时间没有操作了。后来证明我果断出掉中信国安是正确的，随后两天该股最低跌到了12.01元。但没有买进却是错误的。当然，这是马后炮，没什么意义。

时间进入5月11日，央行公布了4月份货币信贷资料，4月份人民币贷款年内首次回落至万亿元以下，当月新增信贷大幅减少至5918亿元，不足3月份新增贷款1.89万亿元的三分之一。此前的1月—3月，新增人民币贷款分别为1.62万亿、1.07万亿和1.89万亿元，均创天量。4月份广义货币供应量(M2)再创十年新高。摩根大通中国区首席经济学家龚方雄分析称，虽然贷款预期已经见顶，但是由于企业将大量存款存入银行，因此未来的流动性并不会见顶。资金的流动性不会见顶，这是否意味着股市将继续在流动性充足下继续推高呢？我决定继续实施股票播种计划。

5月13日，海通证券一改往日的震荡整理走势，较5月12日高开1分钱后持续走高，吸引了我的注意力。由于工作的缘故，我下单14.29元买入了1800股，计划播种100股，在该股价格涨到15.13元时卖出1700股即可收回成本。

买入该股后，虽然该股股票第一定律发挥了作用，但其惯性上冲动能不足，5月14日摸高到14.40元、5月15日摸高到14.44元后即开始整理回落。5月22日最低一度跌到13.29元。每股整整赔掉1元钱，账面损失已经达到1800元。不过，这并没有使我对其丧失信心，理由之一是股市逐渐好转，证券公司的收益增加是显而易见的。

5月25日，该股较5月24日高开2分钱后再度强势上攻，最终收盘在14.33元。海通证券也成为当日证券类股票里的佼佼者，我隐隐感觉到我的计划成功指日可待了。

6月1日，因为中银信用卡6月3日需要还款，所以我挂单14.35元卖出了100股海通证券，将1600元现金转入证券保证金账户，这样，我就只有1700股海通证券了。

6月3日，星期三，再次赶上尾号7、2限行的日子。早上变换了乘车上班路线，尝试乘坐627路上班，到双井倒10号线地铁，不再乘坐快速公交到前门倒地铁，这样就不用费时费力地在地下倒4次地铁了（2号线—5号线—10号线—8号线），而且627也节省时间，比快速公交还快，6:30我已经乘坐上开往北土城的10号线了，要是以前坐快速公交到前门，下到前门地铁都6:33左右了。

早上7:20到办公室后，忙了将近一个多小时，直到9:20才坐下来，打开计算机，准备，等候开市。今天的计划是卖出海通证券1600股，保留100股的种子。

在尚未开市前的10分钟，浏览了一下新浪财经和股票专栏，了解了一下昨天下午尾盘跳水的原因。来自《全景网络—证券时报》的分析称："周二尾盘走软在一定程度上受港股影响。港股尾盘暴跌近500点，亚太其他股市亦出现分化，中国台湾地区和韩国由于收市时间早而仅有小幅回落。节后A股上攻的一大动力来自外围股市推动，如果外围市场走弱，则将对正处于高位的A股形成重大压力。另外，沪深指数再次出现向上跳空缺口，虽然盘中完

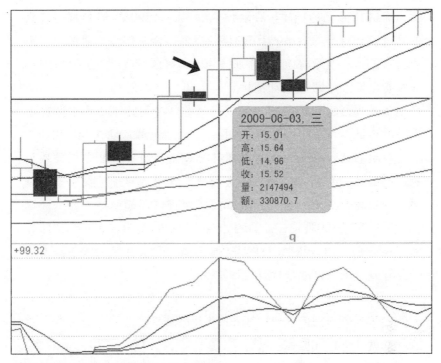

2009-06-03, 三
开：15.01
高：15.64
低：14.96
收：15.52
量：2147494
额：330870.7

图30 为海通证券2009年6月3日的日K线。

全回补了这一缺口，但仍留下前一个缺口有待回补。同时，累计的获利盘也有待充分换手予以消化。因此，我们认为短期A股在放量滞涨后面临考验，更大的可能是目前正在构筑复合型头部。"

目前的市场走到2700点，似乎人人都特别小心，在提防大盘阶段性顶部的到来。但是，越是这样的时候，可能越需要大胆，因为你自己的投资思想一定要与众不同。

开盘后，海通证券以15.01分的价格开盘，仅仅比昨日的收盘价高出1分钱（见图30）。不过，这1分钱也许预示着今日我可能会实现自己的计划。果然，开盘后在预期下海通证券持续走高，在15.32元我毅然下单，成功卖出了1000股，保留了700股，等待后市若价格持续走高，再在15.45元卖出600股挣点儿手续费。不过，最后我还是在15.36元卖出了剩下的600股，以成功播种海通证券100股结束了在海通证券上的投资。

此次投资历时21天，实现了拥有证券类股票种子的计划，同时，海通证券也是我播种股票种子以来的第2000股股票种子，应该算是一个整数的突破。算算时间已经进入6月份了，而离全年完成股票种子5000股的计划只完成了40%，可谓任重而道远！

如果说上半年的成功播种还有大市向好的趋势，那么下半年恐怕成功播种就更非易事，需要做好心理准备，不要期望太高，因为那样很容易造成过度不适的压力，进而导致投资决策错误。

卖出海通证券后，考虑到股市重新启动IPO对证券类股票是利好，我决定再播种一只证券类股票。在早盘对证券类股票衡量后，我决定投资长江证券，并确定了快进快出的策略，如果涨幅不能达成播种100股长江证券的计划，则以收益为主。能够涨到18元即可全数卖出，将收益转购其他股票。购买的目标锁定在电力和能源股以及低价的银行股、钢铁股上。

海通证券交易记录及点评

交收日期	证券代码	交易类别	成交价格	成交数量	证券余额	成交金额	费用合计
20090513	600837	买入	14.298	1800	1800	−25736	−53.27
20090601	600837	卖出	14.35	100	1700	1435	−7.44
20090603	600837	卖出	15.32	1000	700	15320	−46.96
20090603	600837	卖出	15.36	600	100	9216	−28.65
合计						235	−136.32

交易点评：股票种子的配置应该不仅是优质的上市公司，不要过度集中于几个行业，而应该是多元的，二者齐头并进。

本次海通证券的交易播种了100股，交易成本为−98.68元，平均每股成本−0.98元，实现了零成本播种。此外，卖出100股海通证券还款的操作，使我隐隐约约看到在拥有10万股股票以后的生活的方式，每年股票会自动分红送配，当需要钱时，就可以适量地卖出某支股票换取现金，好比是10万股股票是养的鸡，而分红送配就是这只鸡下的蛋。

第十二粒种子

the 12th seed

南钢股份——乘胜追击长江证券再下一城

开始时间：2009年6月3日

结束时间：2009年6月4日

操作周期：1天

投资结果：播种南钢股份200股，当日市值930元

2009年6月3日，在果断卖出海通证券后，其实整个银行股、证券股和房地产类股票仍然在继续缓慢上涨。很明显，仅仅有100股证券类股票资源是很可怜的，甚至是微不足道的。消息面上，说这一波行情是非常明显的蓝筹股行情。我不敢过分看空，但也不敢看多，只能瞪大双眼，握紧鱼叉，在波涛汹涌的大潮中寻找一击而中的机会，不求扎中大鱼，只要能够扎住鱼即可。我时刻牢记不积跬步无以至千里、积少成多的浅显道理。

我快速浏览了一下整个证券类股票，共有9家上市公司，分别是西南证券（600369）、中信证券（600030）、宏源证券（000562）、海通证券（600837）、东北证券（000686）、国元证券（000728）、长江证券（000783）、太平洋（601099）、国金证券（600109），其中深市四家，沪市五家。从各支股票当天的表现来看，长江证券十分强势，当时已经上涨了5%左右。不能犹豫，我告诉自己，股票第一定律应该不会错！

我打开股票操作网站，迅速以17.20元挂单买进1400股，由于

挂单买进价格要高于市价17.19元，故而买单立即成交。不知是该哭还是该笑，买进10分钟后，该股开始下跌，一度跌破了17元，跌到16.94元。不知为什么，我总是在买入股票后，账面先出现绿色的亏损数字，然后才出现红色的盈利金额。

下午开盘，该股迅即上攻，一度上攻到17.70元。如果这就是收盘价，那么当天我已经有0.50元的每股毛利了。该股当天收盘价是17.55元，我下意识中感觉到明天应该可以继续上冲，那么拿下18元就只有0.45元的距离了，次日只要上涨2.57%即可。

6月4日，该股以17.38元低开，15分钟后，该股开始逐步上攻，17.80元、17.90元，我的目标价位18元近在咫尺了。我毅然挂单18元卖出。在我成功卖出后，该股一度上涨到18.12元（见图31），这也是长江证券当天的最高价。我心中欣喜，仿佛又找回了今年2月份的感觉。

消息面上，"受海外市场钢铁股走高的影响，近几日H股钢

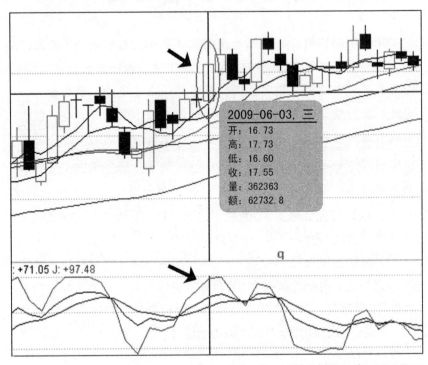

2009-06-03, 三
开：16.73
高：17.73
低：16.60
收：17.55
量：362363
额：62732.8

图31　显示长江证券2009年6月3日K线显示当日该股十分强势。次日即6月4日最高摸至18.12元。

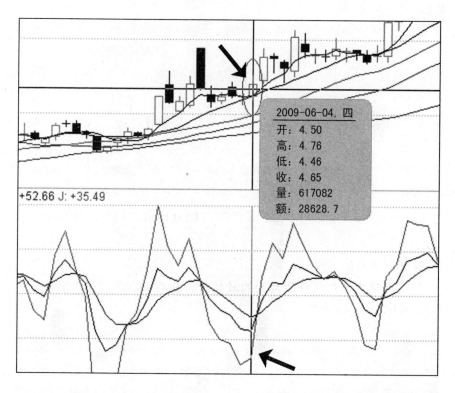

图32 为南钢股份2009年6月4日K线图，J线已经从底部上勾，有与K线、D线形成金叉的可能。

铁板块也连续上冲，部分钢铁股A−H股价已形成倒挂。业内人士认为，在钢价集体复苏，需求逐渐回暖的情况下，钢铁板块作为估值洼地，后期补涨动力较强。"本来想将从长江证券上赚取的收益1000元购买低价银行股，中国银行或者建设银行，结果受该消息的影响，我选择了当天已经上涨了5%左右的南钢股份（见图32），以4.75元价格买入200股。这样，长江证券上一天赚取的千元收益被就我转换成了200股南钢股份。

我选择南钢股份的原因还有两个：一是该股历史最高价格曾经达到25元，时间是2008年1月31日（见图33），就在去年；二是2009年5月26日，该公司发表公告称，南钢股份主业将整体上市。

至此，我已经拥有2200股股票种子了。

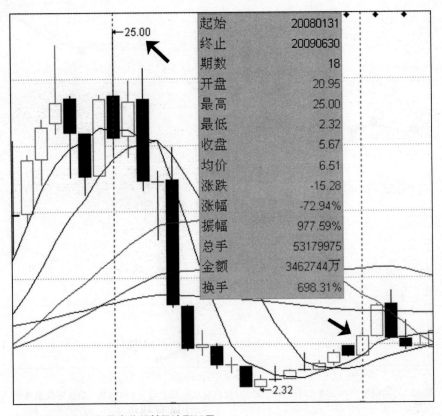

起始		20080131
终止		20090630
期数		18
开盘		20.95
最高		25.00
最低		2.32
收盘		5.67
均价		6.51
涨跌		-15.28
涨幅		-72.94%
振幅		977.59%
总手		53179975
金额		3462744万
换手		698.31%

图33 显示南钢股份最高价格曾经达到25元。

长江证券置换南钢股份交易记录及点评

交收日期	证券代码	交易类别	成交价格	成交数量	证券余额	成交金额	费用合计
20090603	000783	买入	17.191	1400	1400	-24068	-48.14
20090604	000783	卖出	18.00	1400	0	25200	-75.60
20090604	600282	买入	4.75	200	200	-950	-6
合计						182	-129.74

交易点评：这是我再一次将赚取的收益置换成其他类型的股票。置换的股票可以选择热点低价股票，这样可以使种子播种能够迅速成长。

本次置换交易实现了播种200股南钢股份，交易成本是：-52.26元，平均每股购买价格是：-0.2613元，实现了零成本播种。

第十三粒种子

the 13th seed

金发科技——高位赚钱难，博紫金有的放矢

开始时间：2009年6月5日

结束时间：2009年7月20日

操作周期：35天

投资结果：播种金发科技100股，当日市值981元

2009年6月10日　星期三　天气晴　大风五六级

2009年6月5日，又到周末。早上开盘看到紫金矿业高开，认为其还有一个上涨的波段，至少可以涨到11元，毕竟其前期高点是11.55元。于是我下单买入2300股，买入价格是10.47元。谁知国际市场美元走势风云变幻，一夜之间开始掉头上涨，一改下跌的颓势。黄金价格也开始走软，没有突破千元大关。

紫金矿业开始连续走出阴十字星的走势，从2009年6月4日起，截至昨天即2009年6月9日，该股已经走出了四天的阴十字星。今天大盘创出了1664点以来的新高，站到了2800点之上。黄金股却依然没有任何企稳的迹象，还在调整。消息面上，大家都在说大象起舞不是好的征兆，从1664点以来的反弹可能即将到达阶段顶点。我心中有些犹豫，是否该收割自己播种在股票责任田里的种子，要知道，这两天股票种子市值已经减少了1000多元。不仅如此，紫金矿业买入后被套，已经账面亏损最高2300余元。

使我感到压力更大的是，我还帮老婆大人买进了2000股紫金

矿业，毫无疑问，尽数被套。幸亏当时保持了谨慎操作，没有把老婆账上的钱全数杀进紫金矿业，还保留了可购买2200股左右的生力军，一旦紫金矿业跌到8.45元，则可以再补仓2000股，以降低购买成本。

现在看来，应该改变该股的投资策略，一旦该股票上冲到10.40元附近，则即刻全部卖出。然后再寻找新的机会。

2009年6月11日　星期四　天气晴

由于自己购买了紫金矿业，不由得每天早上都要关注国际黄金的金价走势。来自媒体的报道称"美元弱势难扭转金价将冲击960美元阻力位"，文中详细写道："有分析师认为，即使周三进行的公债标售显示市场需求强劲，但对美元的需求却仍很低。除非欧洲自身出现重大问题，否则美元弱势走势短期内是不会轻易改变的。因此，上周以来的调整也只是技术性修整，预期未来几周美元将恢复弱势。在美元和黄金跷跷板的影响作用下，黄金有望掀起新的一波上升浪。

从技术上看，亚洲市场黄金初步突破了上日阻力位960美元，稍晚将在纽约市场对该突破进行确认，预计站稳该支撑上方将为金价提供进一步的上升动能，金价将继续向980美元甚至更高的目标位挺进。"

这倒是个令人稍感减压的报道。不过，昨天中金黄金和紫金矿业可是资金净流出的前五名。对于这类市场投资者都可以轻松获得的数据，到底应该怎么看呢？净流出说明主力资金在逃出该股，但为什么不采取更加隐秘的方式出逃呢？兵法有云：兵不厌诈。实则虚之，虚则实之。既然无法判断该股的走势，那就以不变应万变。我曾经有几次是持股21天才获得播种的成功，再坚持坚持。

这两天的利好消息有：

第一：6月9日，《人民日报》发文为当前的市场逐步走暖摇旗呐喊；

第二：6月10日，全国社保基金理事会理事长戴相龙在出席第三届中国企业国际融资洽谈会时表示，今年以来A股市场的上涨是合理的，中国股市将会在震荡中不断上扬。他透露，去年社保基金投资了两家私募股权基金，今年还将选择3～5家基金进行投资。

通胀压力渐行渐近，坐轿中金小有斩获

2009年6月22日，星期一，天气的炎热程度没有丝毫改变。上周五，上证指数又创出了2886.50点的新高。消息面上，大家都在议论通胀压力渐行渐近，媒体上也在热议到底是买房、炒股还是买黄金，以应付未来的通货膨胀。这很自然成为我所积极关注的目标。

我选择了投资黄金类的股票。这主要有以下三个方面的原因：一是买房子恐怕手头这点钱都不够首付；二是从目前的房地产市场来看，虽然房价会持续回升，但是在一年内房价翻番，我认为没有可能，而投资好一支股票，却有可能获得100%以上的收益；三是从到底是买房、炒股还是买黄金这三种选择上看，买黄金类股票不仅可以享受股市上行带来的物理性收益，而且可以分

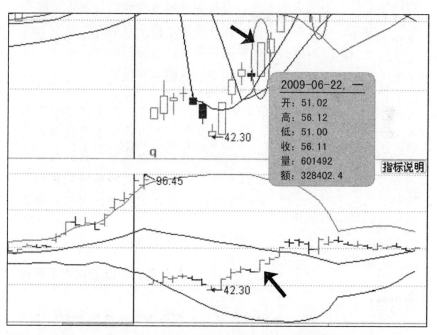

图34 中金黄金2009年6月22日K线图，下面箭头所指为当日布林线指标。

享黄金价格上涨给黄金公司带来的实际收益，相当于既投资了黄金，又买入了股票，可谓一举两得。

投资黄金类股票，当然是选黄金股中的龙头——中金黄金。在山东黄金除权后，其走出的填权走势是相当惊人的。那么，我坚信作为黄金股龙头，中金黄金也会走出填权走势，可能会有些许反复。

6月22日9：36，股市刚刚开盘后不久，在其他股票尚未睡醒的时候，中金黄金已经上涨了3%以上，其强势特征是十分明显的。从该股布林线判断，该股票起码要站上中轨（见图34），倚仗着陈氏股票第一定律的研究成果，于是我果断出手，帮助老婆大人以53.40元的价格购买了400股中金黄金，没办法，想多买也不成，只有2万余元。该股票当日以涨停报收，收盘价56.11元。

这是我自2000年以来第二次大胆买进高价股，第一次是在55元~60元之间购买清华同方。那个时候真的是炒股，低买高卖，几乎每天都能够挣200元钱，主要得益于清华同方股票在55元~60元的区间震荡整理。连续挣了大概一到两个礼拜的时间。虽然挣的钱并不多，不过一两千元，但是那种每天挣钱的感觉还是挺美妙的。但是，这是传统的散户操作手法，由于在后来的股市下跌中没有止损，因而所有的收益就在清华同方随后的下跌中又还给了市场，而且还赔进了上万元本金。这绝对是股票投资过程中一次十分惨痛的教训！

其实股票市场是残酷的，它带给我们的机遇和收益是短暂的，往往稍纵即逝，而其隐藏的风险则是长期的，对于信息不对称的散户而言，要具备以快制快的风险意识，要能够练就以快制快的功夫，目的是锁定收益，不要给庄家折磨自己的机会。然后只要复制自己的操作手法，则现金流动得越快，得到的收益就越高，俗话叫攒鸡毛凑掸子；而现金的流动速度则是可以自己控制的，庄家再强大，也是不可能控制你资金的流动性的。

6月25日和26日，该股两度摸高至66元，但距离我想卖出的价位69元还有些差距。并且这两天股价大幅震荡，到底是庄家洗盘还是出货还难以判断。6月30日，公司有外出业务需要处理，我下

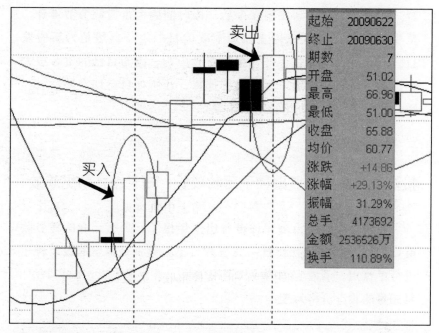

图35　中金黄金2009年6月22日买入，6月30日成功卖出。

午到丽泽桥附近的公司库房送文件，没有时间盯盘。当我办理完相关业务时，已经是14:58，马上要收盘了。当我在乘坐的997路公共汽车上拨通股市电话查询股票价格时，却意外得到股票数量为零的结果。原来老婆大人已经在下午分两批各200股卖出了中金黄金，一个卖出价格是65.40元，一个是66.20元，平均卖出价格是65.8元，每股盈利13.40元，收益率为25%（见图35）。

　　这样，短短7天就从中金黄金上取得了5000元的收益。如果按照我原来的操作思路，是准备播种100股中金黄金的，毕竟在未来全球通货膨胀日益临近的态势下，67.40元（该股票在7月1日又摸高的价格）绝不会是它的最高价。所以，在紫金矿业盈利卖出后，我准备自己在中金整理到位后杀入黄金，争取播种100股。此外，我还有一个思路，想把以前播种的种子收割后，全部换成中金黄金，但是这会影响我播种股票的数量和拥有上市公司股票的数量，即会影响到未来出书的速度，所以我很犹豫，不知道是该换还是不该换。

　　近期还有消息说证监会最新批的很多都是沪深300指数型基

金，这意味着监管层希望在今后一段时间内大盘指数节节攀升，至少是稳定在3000点以上。最主要的目的之一自然是为新股发行。今年我没有像往年那样参与新股申购，因为自己的资金量太小，中签的概率接近于零，与其那样，还不如自己切实地炒股，赚取几百元、几千元来得踏实牢靠。

投资半年盘点：股票种子茁壮成长，短长结合初见成效

又到年中，上市公司该准备出半年报了。那么，我的投资收益如何呢？2009年7月1日，我也对自己股票责任田里的股票种子进行了盘点，看看它们的成长情况如何。具体见下表，以2009年6月30日的收盘价格为准：

序号	种子名称	种子数量	播种价格	种子初值	半年最高价	收盘价格	成长比例	收盘价值
1	北京城建	100	7.94	794	17.5	17.02	1.14	1702
2	云南铜业	400	12.87	5148	23.8	21.58	0.67	8632
3	西山煤电	100	12.11	1211	30.84	29.9	1.46	2990
4	中体产业	400	7.91	3164	11.43	9.46	0.19	3784
5	生益科技	100	5.71	571	7.74	6.75	0.18	675
6	金晶科技	100	7.95	795	16	13.47	0.69	1347
7	方正科技	500	2.95	1475	4.77	4.29	0.45	2145
8	海通证券	100	14.32	1432	17.8	16.45	0.14	1645
9	火箭股份	100	9.09	909	14.42	13.73	0.51	1373
10	中海海盛	100	6.35	635	10.72	9.51	0.49	951
11	南钢股份	200	4.74	948	6.07	5.67	0.19	1134
	合计	2200		17082				26378

通过上表可以看出，按照2009年6月30日收盘价全部股票种子市值为26378元，远远超出播种时股票的种子初值17082元，这意味着股票种子自身成长了9296元，为初值的54.4%。倘若用传统的全部买入全部卖出的手法操作，则是无法享受市场自身的成长带来的收益的。

　　成长比例已经超过100%的股票有两支，一支是北京城建，一支是西山煤电，分别上涨了114%和146%，北京城建的收盘价值是1702元，回首当初我花费11910元投资该股票，这意味着半年内我用11910元赚取了14.29%的收益。而西山煤电的收盘价值是2990元，回忆当初我花费的是12470元，这意味着半年内我又用12470元赚取了23.97%的收益，收益还是相当可观的。这就是通过确定的操作手法赚取不确定的收益。

2009年7月7日　星期二　天气闷热

　　今天一早去机场接货，再送到亦庄的GY物流。为防止天气炎热以致中暑，特别约的货运司机师傅早7∶30出发，趁着早上天气凉快，和另外一个经销商约的时间是早8∶00在大望路。这个经销商有个特点，就是总迟到。这次也不例外，约的八点整，他却迟迟不到，直到差五分钟九点他才姗姗来迟。

　　我本人生平最讨厌的就是两种人：一种人是经常迟到的；一种是随地吐痰的。我告诉他，如果以后再迟到的话，那就请他自己开车去机场，我们就不等他了。他自然是辩解几句，说昨晚和几个朋友喝酒，喝多了，我7∶30打电话问他到哪里时其实他刚刚起床。

　　由于他耽搁了1个小时的时间，加上去机场的路上有点儿塞车，将货拉回亦庄较往常我自己接货多花费了1个半小时的时间。回到家已经是下午1点了。

　　顾不上吃饭，我先打开计算机登录行情软件，紫金矿业这支股票算上周六日已经持有一个月了。这支股票让我想起了数年以前购买的棱光实业这支股票。为什么呢？因为这支股票自我买入后，也是负面消息不断。

　　当年买入棱光实业时，是有消息，于是全资杀了进去，不过全资也没有多少钱，不过2万多元。朋友瞿在告诉我购买该股票时，还叮嘱道：无论该股出什么消息、什么走势都不要卖出，至少可以挣个50%再卖。果然，该股负面消息不断，什么业绩不佳被ST了，什么董事长被公安局抓起来了，总之，庄家洗盘的技法可谓闻所未闻。

再看紫金矿业，大股东减持不断被媒体曝光。

来自《文汇报》2009年6月18日的报道："4月27日—5月22日，紫金矿业股东陈发树减持1.47亿股，套现约12.5亿元。6月12日，紫金矿业董事长陈景河通过大宗交易转让2759.4万股，其中2100万股以每股9.15元的价格售给了包括副董事长罗映南在内的10位高管。按照9.15元的转让价格计算，即使扣除转让给高管的2100万股，陈景河也从二级市场上套现超过6000万元。"

来自媒体2009年6月22日的报道："近两个月，紫金矿业大小非减持消息频频不断，董事长陈景河通过11笔大宗交易大举减持2759.4万股股份，其中2100万股由该公司10位高管以9.15元／股的价位接盘，再次使紫金矿业成为投资者关注的焦点。"

而在2008年4月份该股票上市前，大股东却承诺三年之内不减持。也许正因为有此承诺，董事长陈景河才采取了将股权转让给高管的形式。但无论如何，大小非减持都是对股票的后期走势有所不利的。但是，在种种减持不利的报道下，我发现紫金矿业的股价似乎被稳定在9元附近，跌不下去。我似乎感觉到有种力量在支撑着紫金矿业的股价。这种感觉让我决定再等一等，毕竟我曾经有过21天的投资经历。还有一个原因是，同样为黄金类股票的中金黄金和山东黄金却在疯长，紫金矿业无论如何都会有物理上的补涨需求。

到下午14：00整，我查看了一下上证指数，已经形成一个绿十字星。许多股票都呈现跌势。而紫金矿业却在上涨，虽然不多，只有2%左右。回想起我几天前的想法，在股票跌到9元时，我曾经想只要回到10.47元我就卖出，不赔不赚就可以了，毕竟损失的两千多元都回来了。我还有个想法，如果该股再度涨到11元附近，那么我就即刻卖出，达到挣1000元可以换取200股其他股票的目的即可。

想到这里，我立刻下单10.90元卖出了全部2300股股票，盈利900余元，盈利幅度在3.87%左右。这次与以往卖出股票后马上用利润购买股票种子不同，我没有立即播种股票种子，原因是目前处于3000点的敏感点位，大盘在是上涨还是向下回调的趋势不明朗，而且我有意购买的银行股在普遍下跌。于是我决定等待一下，也许会以稍低的价位买到自己心仪的股票种子。

后记：2009年7月19日，我在家开始整理《中国A股市场上市公司分红送配情况统计表》，在整理的过程中，我发现了数只分红状况不错的上市公司，于是我决定周一即2009年7月20日用投资紫金矿业赚取的900多元购买100股金发科技。

该股票从2004年—2008年累计分红送配6次：

2004年12月31日，10转3派2；

2005年12月31日，10转4派0.5；

2006年12月31日，10送2转8派3；

2007年12月31日，10派1.9962；

2008年6月30日，10转10；

2008年12月31日，10派1。

举例而言，假定我在2004年10月以10元每股的价格播种了100股金发科技，并一直持有到2009年6月10日，那么我的股票数量成长过程如下（股票所得税为便于计算暂时忽略）：

2004年12月31日，100股—130股；

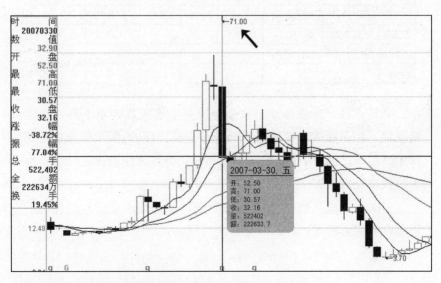

图36 显示金发科技历史最高价在2007年3月16日曾经达到71元。

2005年12月31日，130股—182股；

2006年12月31日，182股—364股；

2007年3月16日，可在该股较高位置以66元（该股最高价71元）（见图36）每股全部收割该股票，可以收回24024元，刨掉1000元的成本，收益率是2302%，平均每年的收益率是767%。

假定没有在66元左右卖出，而是继续持有。

2008年6月30日，364股—728股。即便是按照股票价格10元不变计算，股票种子的市值也是7280元，是初始播种成本的7.28倍，平均每年的收益率也是209.3%，也远高于绝大多数投资产品的投资收益。

更进一步说，以我目前的播种股票种子数量2300股计算，假定都是像金发科技这样的分红状况，那么三年后我的股票种子数量将自我成长到16744股，再假定平均股票价格仍然是10元，那么整个股票种子的市值将激增到167440元。可见，只有播种这样的股票种子，才能使股票播种园中的股票迅速成长壮大起来。

紫金矿业置换金发科技交易记录及点评

交收日期	证券代码	交易类别	成交价格	成交数量	证券余额	成交金额	费用合计
20090605	601899	买入	10.469	2300	2300	−24079	−49.16
20090707	601899	卖出	10.9	2300	0	25070	−76.21
20090720	600143	买入	9.63	100	100	−963	−6
合计						28	−131.37

交易点评：虽然零成本收益对股票上涨幅度要求不高，极容易播种，但是随着股票价格不断上移，播种100股购买的股票将变得十分困难。而《中国A股市场上市公司分红送配情况统计表》为置换股票提供了置换对象，使我能有的放矢。

本次交易成功播种100股金发科技，交易成本是103.37元，平均每股购买价格是：1.0337元。

第十四、十五粒种子

the 14th and 15th seed

瑞贝卡+大湖股份——好马也吃回头草

开始时间：2009年7月10日

结束时间：2009年7月27日

操作周期：12天

投资结果：播种瑞贝卡100股，当日市值932元；播种大湖股份100股，当日市值499元

2009年7月10日　星期五　天气晴朗

又到周末。今天是新股桂林三金和万马电缆上市的首个交易日。由于对新股发行不太感冒，所以我没有给予过多的关注。

前天买入的西山煤电，昨天进行了一番整理，其态势明显弱于前天同样看好的火箭股份。当时认为火箭股份可能会比较肉，因为其前期始终在低位徘徊，而西山煤电却涨势凌厉。我想杀入700股，第二天抢个惯性冲高，挣1元钱就走，有600元的利润，再结合投资紫金矿业赚取的900元利润，可以选择购买北辰实业200股，或者万科100股。

不过，遗憾的是选择西山煤电错误了，应该在9.50元买进火箭股份，昨天火箭股份最高上冲到10.43元，远比西山煤电的走势要强许多。看来，火箭股份真的要在国庆前发射了！从技术图形上看（见图37），火箭股份的日K线正在形成金叉，我果断地以33.90元的价格卖出了西山煤电，以10.28元的价格杀入了火箭股份，购买了2400股。

如果今天火箭股份能够有5%的收益，即上涨到10.80元，那么我将果断卖出，盈利1200元，再减掉西山煤电赔掉的350元，净盈利是850元，足够买中国银行200股了。

2009年7月15日　星期三　天气晴　闷热　气温36度

2009年7月13日，进入新的一周，这已经是7月份的第二个交易周了。周一的大盘并不容乐观，似乎到了调整的关键时刻，有开始走下坡路的趋势。不过，我认为，从短期看，上证指数不会止步于上周五创出的新高3140.04点，主要理论依据就是新股IPO才刚刚开始，整个市场需要不断创出新高的指数来聚拢人气，有人气，新股才能得以顺利发行。因此，股市上证指数稳定才是当前市场的主基调。

基于上述判断，我才在上周五再次买入了火箭股份。火箭股

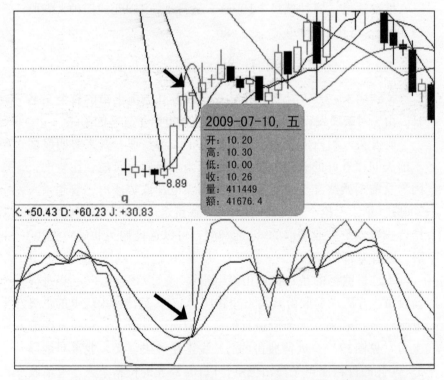

图37　火箭股份2009年7月10日K线图，显示KDJ三线刚刚形成金叉，有继续上涨的趋势。

份是我拥有的第三支股票种子，投资时间是在2008年的12月19日，在持有该股票1000股19天后，我成功播种了100股火箭股份，当日市值1093元。2009年7月1日，该股票实施10转增5的方案，我的股票种子100股得以变成了150股，这是让我非常开心的一件事情。虽然火箭股份的股票整体市值并没有发生大的增值，但是不要忘记，我的操作技巧就是以赚取股票数量为盈利，而非市值。火箭股份的增股，让我看到了自己以后的操作策略需要调整，重要的是要积极播种到那些每年都会主动送配的股票上来。这要比现金分红来得简单，即使我不操作，每年股票种子也会自我加速成长，前些时间中金黄金10转12派2的分红方案着实令人艳羡不已，可惜我没有该支股票。

不过，现在没有，不代表以后永远没有，只要坚持，只要盯紧市场，研究市场，就可以加快成功的步伐。最近一两周的时间，我将全力用于在沪深股市一千多支股票中挑选那些业绩好且经常分红送增股票的上市公司，并列出表来进行播种。

接下来继续说火箭股份，该股票周一上冲到10.70元便开始回落，最低下探到10.16元，这不禁令人再次想应该在10.70元卖出，在10.16元买进。实际上这都是马后炮，因为不看完全天走势，在10.70元你会有贪婪的想法，想是否会冲到10.90元，甚至11元再卖；在下跌到10.16元时你又会有恐惧的想法，想是否还会持续下跌，跌到10元以下再买。

我判断该股是在随大盘的走势借势洗盘的过程，毕竟该股票已经连续上涨了4天，按照9元的价格起算，已经有了10%以上的涨幅。从该股票当天收盘在10.40元看，该股后市可期。因为该股票从2009年7月7日起，开盘价格和收盘价格就节节攀升（见下表）：

火箭股份开盘收盘价格统计表（2009/07/06—2009/07/15）

日期	7月6日	7月7日	7月8日	7月9日	7月10日	7月13日	7月14日	7月15日
开盘价	9.09	9	9.1	9.78	10.2	10.26	10.45	10.44
收盘价	9.01	9.1	9.76	10.2	10.26	10.4	10.46	10.67

从上表可以看出，短短一周时间，按照该股票的收盘价计算，该股票已经持续上涨了1.57元，上涨幅度超过17.25%。短期应该有获利回吐的需求，7月15日的开盘价似乎说明了这一点。看该股票的开盘价如果在10.44元以下，则我将挂单11元伺机卖出2400股，每股赚取0.72元，从而结束此次操作。

2009年7月21日　星期二　天气晴转多云

今天早盘上证指数以3275.67点高开后，迅即下挫，在下跌到3259.08点后展开上攻，仅仅20分钟左右的时间，上证指数就已经创出新高3279.27点。随后大盘开始回落，下午大盘更是走出了跳水行情。来自媒体的报道："今日沪深股市在中国建筑即将发行的预期下出现了深度调整。"该报道还称："除了技术面存在调整要求，加上中国建筑明天发行以外，另外一条信息也加重了今天市场的调整：央行今天发行150亿元一年期央票。由于通常情况下央票是在周四发行，这次发行节奏改变，让人'有些意外'。"

其实早在2009年7月13日，被人们冠以"疯狗"的叶荣添就在博客中撰文称："7月铸造明年大底，想到4000就必须先下跌！"他告诉大家："中国股市现在不是涨得太高，而是涨得太快。涨得太高的唯一办法就是跌得更低，涨得过快的办法就是放慢速度，这两者是本质上的不同。如果市场现在不出现调整，按照这个涨法下去，不做任何调整一路冲，天天40点，不用说今年4000点了，6000点也拦不住！如果现在不调整不打压，股民全部入市，那么以后在金融危机未完全好转的情况下，就会使更多的民间资本陷进去，届时银行是否还会有那么多钱来借贷？又如何重启强国之路？现在很明显就是国家看见了市场过热，发行一个中国建筑暗含告诉市场机构，先冷却一下，不要太过疯狂引导市场投资和融资功能快速散失，如果这都想不明白那就不用来炒股了。"

7月20日，叶荣添更是在博客中撰文称："历史每一次都在告诉我们，中小投资者在这种多空分歧激烈，震荡幅度加大，随时可能天地大暴跌的环境中应该回避而不是加仓，谁要现在顶风加仓无疑剩下10个交易日带给加仓那个人的将是——死路一条！"

现在，市场给出了反应，是短期见顶还是回调？我注意到，不论是2009年7月17日的调整还是今天的跳水，都没有回补2009年7月15日留下的跳空高开缺口，这个缺口不补，恐怕后市累积的调整风险就会越来越沉重。一旦调整，很可能是大级别的。看来我必须伺机马上卖出火箭股份2400股，收回本金，等待调整。

2009年7月23日　星期四　天气雷阵雨

今天，一直停盘的云南铜业终于开盘，该股从2009年7月17日停盘已经有4天了。该股以28.82元涨停开盘，全天封住涨停。从布林线看，该股的上升空间已经快速打开，我的股票播种策略再次体现出了优势。虽然由于各种原因我始终没有成功播种中国铝业，但是，相对于其他种子100股的播种数量，当初对云南铜业的400股播种已经是重仓了。

消息面上称，这次云南铜业异动的原因是：云南铜业此次增发收购的4家矿山企业2008年矿产铜产量15930吨，权益产量为15462吨，约为公司2009年矿产铜产量的25%左右；2009年上半年权益产量预期为6375吨。根据地质数据和一些公开信息显示，拟收购的4家矿山铜储量预计在50万吨以上，约为云南铜业现有储量的三分之一左右。很显然，这对云南铜业的未来业绩将产生较强的支撑。

确切地说，这只是从新闻报道上得来的信息，虽然我不能进行实际的考察，以辨别这次增发收购对云南铜业的实际影响，但是，有"只管播种，把培育交给市场"的投资播种理念，我就不用在一两支股票上计较太多。毕竟，相对于整个市场来说，个股的涨跌是无足轻重的，重要的是不断地播种股票。

2009年7月27日　星期一　天气阴有雷阵雨

又到周一。A股市场高开高走，继续走出令很多人意想不到的行情。

火箭股份也高开了3分钱，以10.55元开盘，看来今天我有机会按照预定计划卖出。10∶43，该股上冲到11元，稍微等候了一下，看是否能够上冲到11.10元，我好挣点手续费出来。不过，戒贪的呼声似乎又在耳边响起。11∶02，我果断下单以10.99元卖出1000股，该委托分两笔成交，一笔成交932股，一笔成交68股，成功赚取毛利720元。

下午伺机再卖出其余的1400股。

中午吃饭回来后，继续研究下一步准备购买的股票。下午13∶00开盘后，再次想起了应该按照计划操作的铁律，毕竟火箭股份已经有了6.8%的收益，2400股就是1680元的毛利，播种两支股票应该没有问题。我不再等待火箭股份创出新高，而是以10.97元现价卖出了剩余的1400股火箭股份。然后果断按照市价买入了早就准备播种的瑞贝卡和大湖股份。瑞贝卡买入价格9.22元，100股支出922元；大湖股份买入价格4.95元，100股支出495元。合计支出1417元。还有200余元应该可以支付手续税费了。

选择播种瑞贝卡和大湖股份是因为这两支股票正好足够购买各100股，另外，它们的评分较高，瑞贝卡得分14分，大湖股份得分11分。

此外，今天还是个值得庆贺的日子。因为就在今天，全年播种5000股的任务我终于完成一半了。2500股，可能对于任何股民而言都不是什么值得一提的数字，但是，对我而言，却意义非凡。回想2009年年初，我不过只有100股，但是经过半年多以后，我却拥有了2500股（确切地说是2550股，火箭股份送增了50股），从100～2500，这是25倍的增长，由此，与其他中小散户股票投资者所不同的是，我可以看到自己投资的未来成果，未来是30倍、40倍甚至上百倍的增长，只要坚持。

晚上回到家，告诉老婆大人今天是个值得庆贺的日子，她问为什么，我说原因有二：一是我又成功播种了200股种子，二是老婆大人购买的黄金股也涨停了。但她却不以为然，她说从6000点下跌以来我们的本金损失还没有回来，当时在6000点的时候，再过几天我们的资金就增值到20万了。

她说得没错，我承认，但我同时也告诉她，那个时候其实我们完全可以逃掉，因为中国股市有涨跌停板的限制，在当时我们投资的股票有了第一个跌停后，第二天、第三天并没有跌停，我们完全可以逃掉。但是，给予我们致命打击的是消息，消息总是说还会反弹，然后持续上涨，终于我们越陷越深，最终消息也没有了踪影。从此以后，我不再相信什么消息，我只相信自己，我只相信庄家需要坐三站甚至五站才能到达目的地，而我只需要坐一站甚至半站就下车，实在不行就跳车。

我们以前炒股最终赔钱的原因是传统的炒股方法，它给了我们错误的成本观念，让我们陷入人性的弱点中难以自拔，贪婪与恐惧毫无限制地泛滥，没有人可以帮助我们，只有改变炒股方法，只有站在市场之外看市场，只有确立良好的心态——涨也欢喜跌也欢喜，只有不被股票的价格涨跌所左右，我们才能稳定地获取股票投资的收益。

绝大多数散户投资者都羡慕别人的股票从几元涨到几十元，认为其收益可观。其实，在股市投资中，有比博取差价更高明的投资方式，那就是让你的资本复利增值。爱因斯坦说过："宇宙间最大的能量是复利，世界的第八大奇迹是复利。"长期投资的复利效应将使投资成果发生难以想象的倍增。我曾经阅读过一篇文章，文章的题目是"长期投资产生复利效应：24美元也能买下曼哈顿岛"，这是2008年7月刊登在《上海证券报》上的文章。文章的主要内容如下：

24美元买下曼哈顿！这并不是一个荒唐的痴人说梦，而是一个流传已久的故事，也是一个可以实现的愿望，更是一个老生常谈的投资方式，但是做得到的人却并不多。

故事是这样的：1626年，荷属美洲新尼德兰省总督Peter Minuit花了大约24美元从印第安人手中买下了曼哈顿岛。而到2000年1月1日，曼哈顿岛的价值已经达到了约2.5万亿美元。以24美元买下曼哈顿，Peter Minuit无疑占了一个天大的便宜。

但是，如果转换一下思路，Peter Minuit也许并没有占到便宜。如果当时的印第安人拿着这24美元去投资，按照11%(美国近70年股市的平均投资收益率)的投资收益计算，到2000年，这24美元将变成2380000亿美元，远远高于曼哈顿岛的价值2.5万亿，几乎是其现在价值的10万倍。如此看来，Peter Minuit是吃了一个大亏。

我还记得另一个古老的故事，那就是国际象棋和米粒的故事。一个小小的国际象棋棋盘，不过是64个格子，往格子中依次放米，第一个格子放1粒，第二个格子放2粒，第三个格子放4粒，每次放的米粒数都必须是前次的2倍，如果放到第64个格子，则一共需要1800亿兆粒米。这就是倍增的威力。你有没有想过，如果那不是米粒，而是钱呢？所以，从现在起就开始建立自己投资的国际象棋棋盘，尝试着开始学会长期投资，虽然不用机械地向每个格子中放置10元或者100元的人民币，但是，要学会寻找到享受复利增值的投资乐土。让你的投资在乐土中茁壮成长，你要学会暂时忘记自己的投资，让时间去培育你的投资，而不要让人性的弱点干扰投资的成长。

无论是24美元买下曼哈顿岛，还是国际象棋格子与米粒的故事，都在向我们揭示长期投资复利产生的财富爆炸性增值效应。因此，作为普通的中小散户投资者，每天只懂得在市场中追逐博取股票差价，那只是投机而非投资，其结果可能真的是赚个一日三餐的饭钱。其实，股市中潜藏着财富暴增的大智能，不用抱怨信息公开得不及时，不用考虑股价的涨涨跌跌，现有的A股制度就已经足够我们发家致富了。

请设想一下，如果我们第一年花费50000元播种了5000股，每股10元；次年10送10后就变成了10000股；第三年还是10送10，10000股就变成了20000股；第四年10送10后，20000股就变成了40000股；第五年就变成了80000股；第六年就是160000股；第七年就是320000股；第八年就是640000股；第九年就是1280000股；第十年就是2560000股。假定第十年股价还是10元，那你的资产却早已复利增值到了2560万元，增值了512倍。即便我们按照10送5计算，也增值了200多倍。

所以，投资股票播种，要选择高送配的上市公司，要规避那些铁公鸡似的股票。当然，活跃的股票除外，它们是我们实现零成本播种最好的工具。

火箭股份置换瑞贝卡、大湖股份交易记录及点评

交收日期	证券代码	交易类别	成交价格	成交数量	证券余额	成交金额	费用合计
20090708	000983	买入	34.3	700	800	−24010	−48.02
20090709	000983	卖出	33.9	700	100	23730	−71.19
20090709	600879	买入	10.28	2400	2550	−24672	−51.74
20090727	600879	卖出	10.99	1000	1550	10990	−33.97
20090727	600879	卖出	10.97	1400	150	15358	−47.48
20090727	600439	买入	9.22	100	100	−922	−6
20090727	600257	买入	4.95	100	100	−495	−6
合计						−21	−264.40

注：000983西山煤电，600879火箭股份，600439瑞贝卡，600257大湖股份。

交易点评：在搜索可能带给你播种机会的股票时，不要忘记从已经播种的种子里寻找。种子的自身成长需求同样会带给你播种的机会。

从多元化播种跨越到选择有潜力高送配的公司播种，认识到股票数量的高送配实际上是一种类似于复利增值的模式，通过时间的积累，即使是每10股送增1股，那也是10%的增长，是可以战胜目前的通货膨胀的。这样的算法可能在金融学和经济学中都没有科学性，但是，股票资产数量的自我成长和主动复制却是经济学中所没有的知识。

《最值得价值投资的中国A股市场投资标准》出炉

2009年7月26日　星期日　天气晴　34度

昨天上午8点，陪老婆大人去京津塘大洋坊收费站接天津来的亲戚，任务完成后，我开车去4S店做保养。黑色雨燕不知不觉已经跑了70000公里了。这次保养是更换机油三滤，再补充更换6万公里就应换的碳罐，顺便把电瓶也更换成了免维护的电瓶，总共花费了735元。这就是成本，这就是汽车拥有者所必须付出的代价。

在看着修理工对汽车进行维护的时间里，我意识到股票投资也是如此。如果你想在股票投资上成为胜利者，那就必须花费时间成本研究你所购买的股票和准备购买的股票，绝不能对你的股票置之不理。炒股也像开汽车，一定要了解你自己所驾乘的汽车，你的汽车音响是什么样子的，空调是自动的还是手动的，是自动档还是手动档，最高时速能跑到120KM还是180KM，甚至还要清晰地明了自己车辆的底盘离地面有多高，自己的车辆用什么机油，冷却箱中加的是防冻液还是普通的纯净水，这些都要搞清楚。

投资股票又好似赌马，你只有在了解每一匹马的特性后，才能作出押宝的决定。换句话说，即便是赌马也要做些研究的功课，更何况我们做股票投资呢？

从2009年7月18日开始，我开始严格按照自己制定的《最值得价值投资的中国A股市场投资标准》为上市公司打分，以评选出得分最高的一批上市公司作为今后积极播种的股票，我把这个过程称之为"选种"。

我的选股标准与某些公司给上市公司评选的星级并没有任何关系，我的评选标准对投资者而言更直接更有效。本评分以2004年—2008年的分红实际状况为参考对象，实际考评的是2003年下半年—2008年上半年的业绩水平，该标准主要由：分红次数（以分现金为准）+累计分红（以现金为准）+送股次数+累计送股+现价与历史最高价格比构成，具体评分办法如下：

1.分红次数：本项考核的是上市公司的分红频率。它可以衡量一家上市公司的经营业绩是否是持续稳定向好的。具体衡量标准：分红次数5次（含）以下的计1分，6～8次的计2分，9次（含）以上的计3分。

2.分红额度：本项考核的是上市公司的经营水平。经营水平高的，分红的额度就高，反之则低。换句话说，两家公司可能分红次数一致，但是分红额度却有高有低，投资者在进行长期投资时，就要选择分红额度高的。具体衡量标准：累计分红3（含）～8元（含）以下计1分，12元（含）以下计2分，12元以上计3分，20元以上计4分，30元（含）以上计5分。

3.送增次数：本项考核的是上市公司的资本扩张能力。资本扩张能力越强的上市公司，会给投资人带来随时间的推移而财富剧增的良好结局，送增次数越多，意味着投资人的投资可以享受类似复利式的财富增值。从某种意义而言，一年内送股两次，每次10送5股，要强于一年内只送股一次，一次10送10股。具体衡量标准：送股次数2次的计1分，送股次数3次以上的计2分，送股5次以上的计3分。

4.累计送股：本项同样考核的是上市公司的资本扩张能力。具体衡量标准：累计送股股份达到1～9股的计1分，达到10～12股的计2分，达到12股（含）以上的计3分，达到18股（含）计4分。

5.现价与历史最高价价格比：本项考核的是上市公司股票的后市成长空间。一支股票，可能分红能力与送增能力都非常好，但是如果现价与历史最高价的比值很低，那么就意味着你很有可能以较高的成本播种该支股票，虽然不排除该股有突破历史高点的可能，但是股价下跌的风险要远远大于未来的收益。具体衡量标准：1.8（含）～2.5（不含）以下的计1分，2.5～3（含）以下的计2分，5（不含）以下的计3分，5以上的计4分。

截至2009年7月26日，我从上海A股商品顺序前400支股票中（浦发银行（代码：600000）—龙元建设（代码：600491））选出的评分8分以上的股票种子有（评分由高到低排序）：

序号	股票名称	分红次数	累计分红	送股次数	累计送股	现价	历史最高价	价格比	综合评分
1	宏达股份	5	20.9	3	26	15.89	83.88	5.27	15
2	中远航运	7	23.5	4	22	10.37	44.5	4.29	15
3	☆瑞贝卡	5	11	5	18.5	7.91	52.88	6.68	14
4	宇通客车	5	31	4	16	12.26	39.2	3.19	13
5	航天信息	5	18.6	3	24	15.89	75.1	4.72	13
6	☆南钢股份	6	13.8	2	13	5.67	25	44	13
7	华胜天成	4	15.7	4	18	12.41	46.3	3.73	13
8	☆金发科技	5	8	4	27	8.9	71	7.97	12
9	鑫科材料	5	3.5	4	18	7.25	42.38	5.84	12
10	亿阳信通	5	7.36	4	18	12.02	66.58	5.53	12

序号	股票名称	分红次数	累计分红	送股次数	累计送股	现价	历史最高价	价格比	综合评分
11	烟台万华	5	10.5	4	18	15.77	63.15	4	12
12	振华重工	5	8.4	3	25	10.4	32.8	3.15	12
13	千金药业	5	23.9	4	14	17.3	44.47	2.57	12
14	雅戈尔	5	18	3	14.5	13.79	34.5	2.5	11
15	☆大湖股份	3	0.52	4	33	4.67	28.95	6.19	11
16	金地集团	5	10.68	2	18	16.12	73.5	4.55	11
17	江淮汽车	5	11.7	3	16.04	5.85	19.66	3.36	11
18	吉恩镍业	5	10.5	2	12	22.55	132.6	5.88	11
19	士兰微	4	4.5	2	20	5.78	48.73	8.43	11
20	华能国际	5	13.8	1	10	7.96	24.18	3.03	10
21	济南钢铁	4	18	2	4	4.55	27.3	6	10
22	三一重工	4	9.5	3	25	28.77	70.8	2.46	10
23	歌华有线	5	10	2	12	11.51	37.4	3.24	10
24	特变电工	5	4.15	4	17	18.04	58.55	3.24	10
25	铁龙物流	4	2.04	5	17	7.88	29.88	3.79	10
26	建发股份	5	20.5	2	14	13.53	31.12	2.3	10
27	☆中体产业	5	2.53	3	15	9.46	55.76	5.89	10
28	复星医药	6	12.3	2	13	14.49	34.55	2.38	10
29	两面针	4	7.8	2	15	8.47	67.09	7.92	10
30	华联综超	3	6	3	16	9.56	35.88	3.75	10
31	昆明制药	2	4	2	16	6.4	32.2	5.03	10
32	通威股份	3	4.46	2	20	9.78	32.8	3.35	10
33	武钢股份	5	14.6	1	10	7.88	23.68	3	9
34	民生银行	5	4.45	6	11.95	7.92	21	2.65	9
35	保利地产	2	1	2	20	27.89	98.5	3.53	9
36	云天化	5	22.75	1	3	22.36	70	30.13	9
37	香江股份	3	0.8	3	16.1	8.61	33.8	3.92	9
38	美都控股	3	0.9	3	10	7.81	63.5	8.13	9
39	万通地产	5	7	2	15	10.74	49.01	4.56	9
40	安琪酵母	5	12.3	1	10	19.06	75.2	3.94	9
41	美克股份	5	2.75	2	16	6.23	35.12	5.63	9
42	星马汽车	5	9	2	10	8.29	28.28	3.41	9
43	安泰集团	4	3.25	2	15	7.13	28.49	3.99	9
44	三友化工	5	7.3	3	11	5.66	26.58	4.69	9

45	好当家	4	2.85	3	19	6.98	25.96	3.71	9
46	杭萧钢构	4	3.4	2	16	9.72	31.58	3.24	9
47	首创股份	5	9.75	1	10	6.55	25.58	3.9	8
48	招商银行	6	8.62	3	7.8589	22.41	46.33	2.06	8
49	五矿发展	5	14.2	1	5	18.29	57.45	3.14	8
50	亚盛集团	1	0.189	2	15.2	5	17	3.4	8
51	天坛生物	7	10	2	10	22.6	52.07	2.3	8
52	金宇集团	3	4.23	2	16.2	9.51	24.33	2.55	8
53	紫江企业	5	5.75	2	10	5.61	21.9	3.9	8
54	江苏阳光	0	0	2	18.5	6.16	28.35	4.6	8
55	成城股份	2	0.25	3	11.8	5.47	25.9	4.73	8
56	蓝星新材	4	7.4	2	8	11.53	65.06	5.64	8
57	华泰股份	5	13.74	1	6	10.74	38.32	3.56	8
58	华发股份	3	3	2	13	22.59	61.5	2.72	8
59	大厦股份	5	9.2	2	15	8.89	20.18	2.26	8
60	天通股份	5	3.85	2	8	5.14	46.68	9.08	8
61	鼎盛天工	1	0.25	2	16.1	6.73	25.84	3.83	8
62	国阳新能	5	20.45	1	10	30.36	75	2.47	8
63	浙江龙盛	4	5	2	13	7.11	19.97	2.8	8
64	动力源	3	2.5	2	12	8.02	34.49	4.3	8
65	宝钛股份	5	15.3	1	8	22.9	88.7	3.87	8
66	双良股份	5	10.2	1	10	11	35.46	3.22	8
67	龙元建设	4	6.5	3	16	8.93	21	2.35	8

注：以上图表仅供参考，对上述涉及的股票均不构成任何投资建议。
　上表中名称前带☆的表示已经成功播种的股票。

　　需要说明的是，为了统计简便，在送增股份上，我是简单地将几次送增的股份合计累加，该累加金额并非实际的投资者所得到的份额，对于非一次送增股份的股票而言，投资者实际得到的份额要远高于表中所标示的数值。

　　举例而言，以得15分排名第一的宏达股份为例，假定我们持有该股票1000股，该股票在2004年—2008年期间内累计送股3次，第一次是在2004年5月，分红方案是10转增6股，这样1000股就变成了1600股；第二次送增股是在2004年12月，分红方案是10转增10股，这样1600股就变成了3200股；第三次送增股是在2008年

7月，分红方案是10转增10股，这样3200股就变成了6400股。所以，虽然我们在上表中宏达股份"累计送股"专案中的标值是26股，但这并不是表示你实际得到的股份是2600股，实际你得到的股份是5400股。这就是送增股份次数多的优势所在。

以上是从400支沪市上市公司中选出的业绩比较优良且有诚信分红的股票，只有67支股票可以得到8分以上的评分，这意味着在整整四百家上市公司中，只有16.75%的公司值得投资者予以关注并投资。也许我得出的结论并不科学，但是，如果这种理论能够帮助我们长期地赚取稳定的高额回报，那谁敢否定我所制定的评分标准的价值呢？我准备用最短五年的时间来验证我的投资理论，对所有的股票种子，在该股票种子没有达到卖出价格前，始终坚持持有，看五年后的投资结果是否可以获得惊人的投资回报。

第十六粒种子

the 16th seed

中原高速——抢荣华·第一定律再显威

开始时间：2009年7月27日

结束时间：2009年7月28日

操作周期：1天

投资结果：播种中原高速100股，当日市值435元

话说2009年7月27日卖出火箭股份资金回到账面后，我决定本周继续投资一支股票，再赚取5%左右的收益。此时荣华实业进入

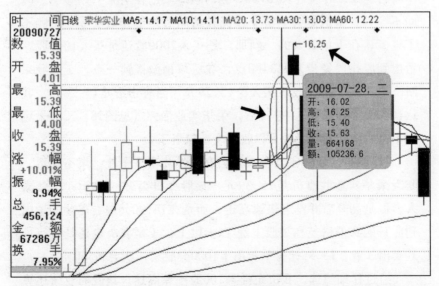

图38　显示荣华实业2009年7月27日涨停，次日该股惯性上冲到最高16.25元，此后直到2010年2月也未能突破16.25元。

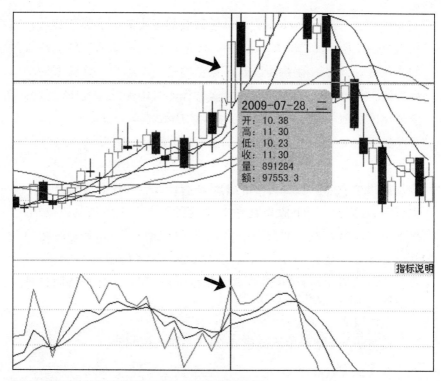

图39 金发科技2009年7月28日K线图，当日该股涨停。

了我的视线。时间进入13：08，当时该股票已经上涨了8%以上。时间不等人，难道是荣华实业在沉寂两周后终于开始发威了？顾不了许多，在下单买入的一刹那，是买入2000股还是买入1000股？考虑到股指已经攀升到3400点，我应该稍微谨慎一点，于是我果断下单买入了1000股，买入价15.29元，当时市价是15.28元，我这1000股立即成交。2分钟后，荣华实业涨停（见图38）。如果运气不错的话，则明天就可以收回全部投资了。

7月28日，我料定其今天还会在惯性作用下上冲。果不其然，昨天荣华实业收盘价是15.39元，该股今日高开0.63元，十分喜人。但是高开后并没有快速高走，而是在15.90元左右震荡。考虑到昨日购买价格是在该股上涨了8%以上，于是我决定还是执行计划卖出。我在15.85元挂单卖出了1000股股票，获毛利560元。

经过仔细筛选，我决定播种100股中原高速。该股的业绩还算不错，历史分红曾经达到过4次，共现金分红7.2元（含税）；送增股份3次，累计送股8.2股。虽然该股的历史最高价并不算高，只有10.77元，相比现在的价格4.35元只有2.47倍的预估上涨空间，但是，这是我在高速公路事业上的第一支股票，该股票的实际控制人为河南省人民政府。河南省作为我国的交通大省，位处交通要冲之地，该股票的后市业绩应该是稳定的。

实际上，在卖出荣华实业后，我首先考虑的是能否在关注的股票中再选择一支强势股，类似昨天追涨荣华一样，做个短线。卖出荣华实业时，正好大盘处于下跌的档儿，除了黄金股稍稍上涨以外。浏览了一下股票池中关注的股票，金发科技7%的涨幅格外引人注目。我迅速打开技术分析（见图39），认为该股上冲动能强劲，于是果断下单买入了3000股，购买价格11.10元。当日，该股票以上涨10.03%收盘，收盘价11.30元。计划待明日再上涨5%左右卖出。

2009年7月29日　星期三　天气闷热

今天金发科技以11.60元高开，最高上冲到11.80元。这再次验证了股票第一定律的正确性。不过，由于今天一早工作很忙，致使我没有时间专门来盯这支股票。时间不长，大盘开始下跌。开始我认为金发科技还是随大盘下跌而清洗浮筹，但论坛里却有人说是典型的拉高出货。

终于腾出时间来，大盘的跳水似乎无法阻挡。我帮助老婆大人购买的山东黄金也跌得很凶。眼看反抽无望，于是我在60.80元帮老婆大人卖出了山东黄金，后该股收盘于59.43元。再说金发科技，全天最低一度下跌到10.20元，但是最终又顽强地收盘在10.92元。如此大幅的震荡，说明明天我还有机会获利了结。

下午快接近16：00的时候，才有较为充裕的时间坐下来看看股票。今天大盘的跳水显得很急，很深，从某种意义上讲，这是一种较为健康的调整，毕竟大盘走到现在，也需要停下来休息一下，然后才能继续上攻。这样快速的下跌要比阴跌好得多。从K线图上看，大盘有点像银针探底，不过，虽然大盘跌幅达到5%，但却仍然没有能够回补掉2009年7月14日和7月15日的缺口3145.79

点。我认为短期内大盘将继续下调，至少得回补掉这个缺口。

再向前看，2009年7月1日还有一个跳空缺口，应该回补的点位是3009.71点；再向前看一点，2009年5月27日还有一个跳空缺口，应该回补的点位是2635.31点，也许这个点位才是叶荣添认为应该调整到位的位置。

从我个人投资角度而言，我不喜欢大盘马不停蹄地上涨，不管是快速上涨，还是缓慢爬升，因为点位越高，则离顶部越近，而我还没有来得及播种足够的种子，没有足够多的种子，面对再好的阳光、水土环境，也不可能结出丰硕的果实。我的个人目标是最少有5000股，最好是到10000股，大盘再向6000点发起冲击。目前，大盘最好是震荡为宜。

2009年7月30日　星期四　天气闷热

昨天，上证指数收盘在3266.43点，今天上证指数以3281.2点高开，承接了昨天下午尾盘的反抽。个股虽然在早盘也普遍翻红，但是昨天的大幅下挫，证明现在市场中投资者的心态是风声鹤唳，只要稍有风吹草动，便会集体夺路出货，从而造成市场大幅下跌。

我自然会关注自己购买的金发科技，该股也高开了两毛多钱，但在随后的走势中却不断下跌，一度最低跌到了10.68元。下午该股票不断反弹，基于我认为今日的大盘是对昨天快速下跌后的反抽，目前还不能排除周五大盘就会继续下跌的风险，于是我选择在尾盘以11.28元卖出了3000股金发科技，赚取毛利每股0.19元，毛利总额570元。减掉买卖全部费用174.06元，纯利润是395.94元。考虑到大盘有继续下调的风险，目前暂时不将盈利播种股票，而是将利润积攒起来，等大盘下跌到3000点再行买入播种。

至于金发科技，后市还可以积极关注。从技术图形上看，该股的上升通道已经缓慢打开，如果明天该股再有大幅震荡下跌到11元以下，那么我仍然可以继续买进3000股。

在这两天大盘急速下跌的过程中，我并没有忘记对云南铜业的关注，毕竟它是我股票种子责任田中第一支市值超过万元的种子。该股近期最高曾冲高到36.77元，今日最低下探到30.05元，其中的差价接近7元，400股就是将近2800元的价差，这2800元要播种5元的股票足够播种500股了。因此，如何保存大幅上涨的股票种子的盈利问题就成为需要花费精力研究的重点。从云南铜业的技术图形上看，该股猎狐先觉指标主力控盘已经掉头向下，神光指标也趋于走低，于是我决定将云南铜业抛出，待其下跌到30元以下再行买入。

其实，在卖出云南铜业后还有一个选择，那就是将卖出后的全部资金用于股票种子的播种。云南铜业从其分红融资上看，并不是一个业绩优良、乐于分红的公司。目前我急于播种的股票种子有：宏达股份、中远航运、宇通客车、航天信息、华胜天成和鑫科材料、亿阳信通。按照这些股票今日的收盘价计算，每支股票播种100股，需要的费用如下：

编号	名称	现价	数量	金额
1	宏达股份	19.69	100	1969
2	中远航运	12.97	100	1297
3	宇通客车	14.36	100	1436
4	航天信息	18.9	100	1890
5	华胜天成	13.81	100	1381
6	鑫科材料	7.49	100	749
7	亿阳信通	16.56	100	1656
合计			700	10378

通过上表分析看来可行，通过如此置换，股票的风险再次降低。而且股票种子增加了300股，还可以保留100股云南铜业。

在从沪深两市筛选种子的工作上，由于我的工作内容比较分散，不适合专门抽出时间用于选股，一旦拖延时间过长，恐怕就会错过股票的最佳播种时间。于是，昨天我决定交给葛诗君完成。在约定了全面完成从沪深两市1575支（沪市846支，深市729支，其中我已经完成沪市400支股票的筛选）中筛选股票种子的协议后，我教授了她如何按照我制定的标准为股票评分。当然，我不会让葛诗君白忙活，我会支付她1000元的报酬，约定时间是十天完成。作为她暑假勤工俭学的报酬。

荣华实业置换中原高速以及金发科技交易记录及点评

交收日期	证券代码	交易类别	成交价格	成交数量	证券余额	成交金额	费用合计
20090727	600311	买入	15.29	1000	1000	−15290	−31.58
20090728	600311	卖出	15.85	1000	0	15850	−48.55
20090728	600020	买入	4.35	100	100	−435	−6
合计						125	−86.13
20090728	600143	买入	11.09	3000	3100	−33270	−69.54
20090730	600143	卖出	11.28	3000	100	33840	−104.52
合计						570	−174.06

注：600311荣华实业，600020中原高速，600143金发科技。

交易点评：遵照自己制订的陈氏股票第一定律，盘中选股不失为一种好的方法。当一支股票在盘中以明显的涨幅优于其他股票时，而且该股票前期始终横盘震荡的话，可以给予其积极关注。但是，要时刻谨记毛主席在《论持久战》中所讲的："在广阔的战场上进行高度的运动战，迅速地前进和迅速地后退，迅速地集中和迅速地分散。"

本次荣华实业一役成功播种中原高速100股，交易成本是−38.87元，成功实现了零成本播种。在金发科技一役上，赚取纯利润395.94元。

第十七粒—第廿三粒种子

the 17th to 23rd seed

锁定云铜收益，种子置换，一举多得

开始时间：2009年7月30日

结束时间：2009年7月31日

操作周期：1天

投资结果：股票种子300变700；评分最高前十名种子成功播种，总市值10807元

将开始时间写成7月30日，是因为产生置换的念头是在7月30日，当天也做出了这个计划。

云南铜业种子置换七股图表

编号	名称	购买价格	数量	购买金额	收盘价值	增值金额
1	宏达股份	20.15	100	2015	2132	117
2	中远股份	12.92	100	1292	1390	98
3	宇通客车	14.57	100	1457	1486	26
4	航天信息	19.25	100	1925	1914	−11
5	华胜天成	14.34	100	1434	1427	−7
6	鑫科材料	7.61	100	761	777	16
7	亿阳信通	16.9	100	1690	1684	−6
合计			700	10574	10807	233

云南铜业置换七股交易记录及点评

交收日期	证券代码	交易类别	成交价格	成交数量	证券余额	成交金额	费用合计
20090731	000878	卖出	33	300	100	9900	−29.7
20090731	600066	置换	14.57	100	100	−1457	−6
20090731	600271	置换	19.25	100	100	−1925	−6
20090731	600331	置换	20.15	100	100	−2015	−6
20090731	600410	置换	14.34	100	100	−1434	−6
20090731	600255	置换	7.61	100	100	−761	−6
20090731	600289	置换	16.9	100	100	−1690	−6
20090731	600428	置换	12.92	100	100	−1292	−6
合计					800	−674	−174.06

注：600066宇通客车，600271航天信息，600331宏达股份，600410华胜天成，600255鑫科材料，600289亿阳信通，600428中远航运。

今天大盘继续高开，经过仔细斟酌，我决定按照计划卖出300股云南铜业，置换已经选择出的优质的股票种子。上午9：49左右，我以33元的价格卖出了300股云南铜业，减掉29.7元的费用，收回9870.3元，加上卖出金发科技的纯利润是395.94元，合计金额是10266.24元，与昨日计算的10378元相差不多。

卖出云南铜业后，我立即挂单依次买入依照《最值得价值投资的中国A股市场投资标准》评选出的前十名股票中尚未播种的七支，播种价格以及今日收盘价格见云南铜业种子置换七股图表。

虽然云南铜业的涨停在后，我以33元卖出在前，但是我仍然非常高兴，因为我的股票种子通过置换，增加到了3050股；而且沪市前400支中最值得投资的前十支股票我已经全部播种；尤其今天是2009年7月的最后一天，我的5000股全年目标已经完成了61%。从今天上证指数和关注的多支股票的走势看，下周还可以继续播种。

交易点评：从上表可以看出，通过置换，可谓一举两得。第一是分散了云南铜业的未来下跌风险，当然，今天云南铜业下午再次涨停；第二，由不爱分红融资的300股种子变成了极具送配分红潜力的700股种子，这一点是最重要的。

2009年8月1日 星期六 天气阴有雷阵雨

昨天的暑湿感冒似乎加重了，鼻子开始不通气了，身体也感觉开始有些昏沉沉了。可是老躺着也非常难受，也怕影响老婆大人休息。于是，凌晨4:35就爬起来，继续研究下周的操作策略。

由于卖出了300股云南铜业，我的目的是通过积极操作，再将云南铜业的种子数量补充到400股，因为该股确实是一支不爱分红却极受资金追捧炒高的股票。

消息面上，今天看到一篇报道《6124点密码暗示3454点不是顶》，来自每日经济新闻。该报道分析称："一位擅长技术分析的业内人士从技术面上将本次的3454点和6124点进行了全面的对比，最后得出结论，3454点时的量、价、时、空等均还不构成大顶部的条件。"

该报道还称："在6124点高点出来之前，市场其实经历了一次主动的缩量过程，这也表明，大顶部不会在一片人声鼎沸中或是一片杀跌声中出现，其中的逻辑很简单，因为如果所有的人都在出逃，那么大的机构主力必然跑不赢散户，因此行情必然还有进一步的冲高过程，这样主力机构才有可能如愿地派发筹码。"

所以，从道理上讲，中小散户是不应该亏损的，因为船小好掉头，说跑立马就可以轻松地跑掉。总之，不要恋战，要懂得如何锁定收益。

2009年8月2日 星期日 天气闷热

身体还是不见太好，看来周日也得在床上度过了。不过还不能完全休息。我需要了解市场专业人士对后市的看法。

我再次登陆了叶荣添的新浪博客，他又发表了一篇题为《未来战士，反抽过后就是更猛烈的下挫》的文章，在文章中他写道："当所有人都认为上行又将重新开始的时候，我们不得不接受一次更猛烈的下挫即将到来！"他还写道："什么事第一次都不是真的，只有通过第二次的了解才能看清楚到底是人面还是兽心。如果7月29号的大跌是人面的话，那么这一次的反抽无疑就是兽心了。两日的反抽并不如2007年4月19日一样地快速回档，反而我们见到的是看似上涨的盘面中机构已经无心再战。我们可以想象，市场真的想上涨，主流资金就不会30日和31日的盘中还要继续杀跌和软绵绵地拉升，特别假的就是周四最后半个小时上涨50点，让大家看似上涨很多，但却都是典型的拉高出货形态。"

从每日经济新闻的《6124点密码暗示3454点不是顶》，到叶荣添的《未来战士，反抽过后就是更猛烈的下挫》，其中有共同的认识，即主力不会一次大跌就逃得一干二净，而是会制造市场假繁荣的环境，然后不断出货。由此看大盘还会涨，但同时也要保持高度警惕，对于看好买入的股票，第二天无论是跌还是涨，都应该出掉。现在确实有火中取栗的意思，我是否需要调整自己的计划，是在盈利后立刻播种，还是先保留利润，等股市大跌时再播种？这个问题的本身是正确的吗？即是否是舍本逐末呢？

人生往往是没有选择无奈，而选择过多人就会痛苦，同时伴有无奈。我想我是一只驶往幸福彼岸的小船，在航行的过程中，不论我做多么好的准备，一旦风浪来袭，在船上总会有所体现，总会留下些许风浪的痕迹，颠簸是少不了的。假定我现在卖出全部股票种子，无论是成熟的、半熟的，还是刚刚播种的。这是违背农业常识的，你看哪个农民会因为担心天灾就不种地了呢？或者提前把未成熟的麦子就收割了呢？

也许，无论怎样，损失都是固定存在的。股价的高低涨落只是数字游戏而已，重要的是看所投资的上市公司的实际经营。要看到大盘如何涨跌，股票种子的数量是不会减少的。在目前，我的股票种子数量仍然极其有限，不过3000股，下跌个30%，也不过赔掉10000块钱，这是我作为投资人必须支付的风险费用，我可以承受。大盘能从现在的3400点或者未来的3800点下跌30%吗？那可是1100点左右，我看未必。再有，我已经选择了鸡蛋不放在一个篮子里，而是放在了22个篮子里，风险已经分散，所以，跑马圈地仍将是今后的工作重点。

下周就要过38岁的生日了。快人到中年的我，至今却一事无成。想到这里，心中不免有些伤感。当年那个意气风发的少年不知早已消失在哪里。不知为什么，我总有种壮志未酬的无奈。我忽然想起自己曾经写过的一篇文章《鹫峰游记》，那是一篇行云流水般流畅的散文，记录了初中同学骑车游历西山鹫峰的感受，遗憾的是那个时候没有计算机，搬家几次就不知道丢到哪里去了。也许，人生总会有些遗憾，这样的人生也许才是完美的，因为总有美好的东西在你心头缠绕，挥之不去，让你可以静静地感受回忆的美好。

现在，每当我打开计算机，看到自己股票责任田中的股票，感觉它们是那么的熟悉，那么的亲切，它们每一个都像是我自己的孩子。每次看到它们，每次打开计算机续写投资日记，就好像是在和它们说话，冥冥中感觉似乎是在和自己的未来对话。我是否是病了？仿佛只有这样，我才能感觉到自己的力量，自己的智慧，为自己每次小小的成功而得意。毕竟，我在努力积累人生未来的财富。

唉，有点扯远了。

对于目前的大盘，我认为国家新股发行的任务还没有彻底完成，大盘还将继续上行，并不断创出新高。即使所谓的庄家出货，作为超级主力的国家队也会救场，维持住大盘上行的局面。再有，如果人人都那么冷静，都能够预测大盘的未来走势，那么这样的股市还能炒下去吗？正因为股市的不确定性，才使它充满了风险与机会，如果一切都是确定的，那就不可能有那么高的收益等着我们了。

在这我还要跟散户朋友多啰嗦两句。

投资其实是一种旅行，你可以步行，也可以骑车，你还可以自驾车，也可以坐出租车、火车、飞机，但是在你上车出发前，一定要有目标，要有目的地。没有目标就是盲目，盲目投资是十分危险的，我视其等同于自杀。

其实每个人每天都有取得小小的成功，最简单的例子即上班和回家。为什么？因为在我们每天上班和下班前，我们有明确的目标——单位和家。单位和家就是投资目标，当你准备投资一支股票时，没有拟定明确的投资目标，是获利5%还是10%，抑或是30%？都没有做好计划，反正是买入后希望其天天涨停才好。

　　要知道，人有人性，股票也有股性。一支股票的股性就是背后庄家的人性、资金等综合能力的体现。庄家的人性是什么？追逐自己的最大利益！庄家投资炒作一支股票，事先一定是做好了充足计划的，有明确的目标和目的地。我们要把自己扮演成一个搭车者，而不是庄家的同行者，我们的目标制订得一定要近，要是庄家的必经之地，然后我们轻松地下车，再伺机搭乘其他车辆。任何时候，都不要轻易地搭乘一辆不知开往何方的交通工具，在生活中非常浅显的道理，一成为投资人却变得如此的不明智，变得异常的糊涂起来。

　　也许，在通往投资成功的道路上，没有直达车，对于散户投资者而言更没有专车，所以我们必须不断地选择搭乘那些同方向的车辆，缓慢地前进一两站即可。不要有太多的要求，太多的要求只会令自己黯然神伤，因为没有人会乐意送你到目的地。这不乐意也并非别人的本意，投资成功的目的地本身只属于少数人，当我们能够搭乘别人的投资快车前行时，就已经要阿弥陀佛了。

第廿四粒种子

the 24th seed

宏达股份——凭定律回马枪杀入宏达

开始时间：2009年8月3日

结束时间：2009年8月4日

操作周期：1天

投资结果：播种宏达股份100股，当日市值2423元；另盈利现金700元

2009年8月3日　星期一　天气晴

尽管身体还没有完全康复，准确地说只恢复了五分之三的样子，四肢感觉还是无力，头有时会稍稍发晕。鼻塞流涕也时有发生。但是，周一公司会有很多工作，而且又是八月份的第一个工作日，还要统计流向、与销售商核对回款。我也只好带病坚持工作了。

早盘上证指数高开，然后展开震荡。在自己播种的股票责任田里，我发现宏达股份走势相当强劲（见图40），是时涨幅已经达到4%。通过技术分析，我认为该股票后市可期，于是挂单22.40元买入1500股，再次满仓操作。先赔后赚的现象再次出现，我买入后该股票最低一度下跌到22.06元。不过，技术判断的正确，使我在该股上当天就产生了接近6%的毛利。该股下午一度涨停，虽然下午涨停打开，但仍然收在了23.30元，我已经有0.9元的毛利了。

宏达股份是目前我股票责任田中评分最高的股票之一，该股

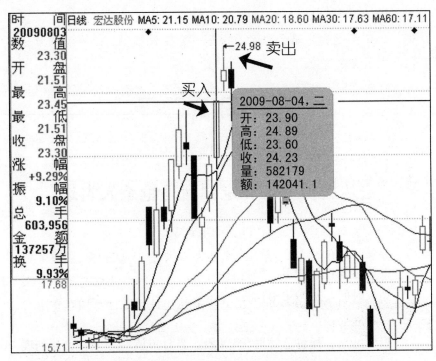

图40 为宏达股份2009年8月3日和8月4日的K线图，8月3日该股收盘大涨9.29%。

票历史最高价格曾达到过83元。对于明天的操作，是卖出还是再保持几天呢？保持几天很可能收益最大。除了宏达股份涨停外，我的股票责任田里表现不错的还有：中远航运涨幅9.86%、瑞贝卡涨幅8.17%、南钢股份涨幅9.16%、生益科技涨幅5.47%、金晶科技涨幅4.94%、云南铜业涨幅4.7%、金发科技涨幅4.94%、宇通客车涨幅4.05%。

　　明天就是我的生日了，也许，这是上天送给我最好的生日礼物。之所以说是最好的礼物并不是意味着多么值钱，而是能够让我在生日前成功地播种一次，而且播种的是评分较高的宏达股份。在股市暴涨前，我需要播种更多的类似宏达股份这样优质的上市公司。

2009年8月4日　星期二　天气阴有雾

　　早上8：59，就收到了嘉实基金公司的生日祝贺；9：09，收到了保险公司的生日祝福；10：05，收到了华夏基金公司的生日祝贺。每年都是嘉实基金给我发来第一个生日祝福，这令我对其公司产生了很多好感。

时间指向9：30，沪指准时开盘。宏达股份早盘继续高开，早盘十分强势，甚至上摸到24.96元，我心中暗喜，计划在25元卖出。不过，该股并没有持续上攻，而是在24.50元左右震荡，这引起了我的警觉。我决定还是按照原计划执行，在24.50元卖出1400股，播种100股，这样宏达股份的种子就变成了200股。当初买入1500股宏达股份时，花费的是33600元，此次卖出1400股宏达，收回的资金是34300元。还有700元的毛利呢！

今天是我的生日，早上和老婆大人约好了晚上下班后到位于劲松的必胜客去吃匹萨。下班早出来半个小时，为的是趁下班人潮来临前赶到劲松必胜客。从单位走到八号线地铁奥林匹克中心站，需要15分钟。好在人不是很多，很快便顺利到达。

远远就看见黑色的雨燕停在必胜客停车场里，老婆大人已经到了。我们点的是新推出的四季荟萃匹萨，吃起来味道感觉还不错。其实我的身体刚刚有些好，但还没有痊愈，胃口还是欠佳。由于来得早，必胜客里人也不多，加上我们，只有三四桌的样子，没有嘈杂声，没有人拥挤，感觉就餐环境非常好。晚上六点一刻，我们已经踏上回家的路了。

宏达股份交易记录及点评

交收日期	证券代码	交易类别	成交价格	成交数量	证券余额	成交金额	费用合计
20090803	600331	买入	22.4	1500	1600	−33600	−68.7
20090804	600331	卖出	24.5	1400	200	34300	−104.3
合计						700	−173

注：600331宏达股份。

交易点评：宏达股份一役可谓是一次按计划交易的成功典范，宏达股份的后市走势证明严格按照计划操作是多么重要！

按计划交易使我赚取了较高的收益，逃过了被套在高地上的劫难。更为关键的是，不要买入后对自己的股票置之不理，而要保持高度警惕，战场形势瞬息万变，该涨不涨就是风险，随时可能转势。

此役成功播种100股宏达股份，交易成本是-527元，平均每股购买价格是：-5.27元，创造了零成本播种每股交易价格的最低纪录。加上原来用云南铜业置换的100股，我已经拥有200股宏达股份了。

《A股市场上市公司分红送配情况统计表》完成

2009年8月7日　星期五　天气中到大雨

昨天晚上，葛诗君终于把完成的《A股市场上市公司分红送配情况统计表》交给了我，这可是从两市近1700支股票中逐步筛选出来的。它可以使我们一目了然地了解上市公司的分红送配情况，我只遴选了评分达到7分以上的股票在此记录，以备选用，我把这些股票称为中国A股市场最值得散户投资的股票。名单如下：

评分15分的公司（3家）（1—3）

序号	股票名称	分红次数	累计分红	送股次数	累计送股	现价	历史最高价	价格比	综合评分
1	宏达股份	5	20.9	3	26	15.89	83.88	5.27	15
2	中远航运	7	23.5	4	22	10.37	44.5	4.29	15
3	驰宏锌锗	4	58	2	20	19.79	154	7.78	15

评分14分的公司（3家）（4—6）

序号	股票名称	分红次数	累计分红	送股次数	累计送股	现价	历史最高价	价格比	综合评分
4	瑞贝卡	5	11	5	18.5	7.91	52.88	6.68	14
5	栖霞建设	5	22.6	3	20	6.9	34.34	4.97	14
6	中集集团	5	21.9	4	19	9.83	36.5	3.71	14

评分13分的公司（5家）（7—11）

序号	股票名称	分红次数	累计分红	送股次数	累计送股	现价	历史最高价	价格比	综合评分
7	宇通客车	5	31	4	16	12.26	39.2	3.19	13
8	航天信息	5	18.6	3	24	15.89	75.1	4.72	13
9	南钢股份	6	13.8	2	13	5.67	25	4.4	13
10	华胜天成	4	15.7	4	18	12.41	46.3	3.73	13
11	美的电器	5	12.7	3	18	14.3	58.5	4.09	13

评分12分的公司（15家）（12—26）

序号	股票名称	分红次数	累计分红	送股次数	累计送股	现价	历史最高价	价格比	综合评分
12	金发科技	5	8	4	27	8.9	71	7.97	12
13	鑫科材料	5	3.5	3	18	7.25	42.38	5.84	12
14	亿阳通信	5	7.36	5	18	12.02	66.58	5.53	12
15	烟台万华	5	10.5	4	18	15.77	63.15	4	12
16	振华重工	5	8.4	3	25	10.4	32.8	3.15	12
17	千金药业	5	23.9	4	14	17.3	44.47	2.57	12
18	迪马股份	5	10	2	20	5.02	29.37	5.85	12
19	恒生电子	5	9.1	4	18	11.99	38.38	3.2	12
20	海油工程	5	5.6	5	26	11.83	59.12	4.99	12
21	金融街	5	13.5	4	20	13.76	45.18	3.28	12
22	云铝股份	5	16.5	3	12.5	8.54	37.99	4.44	12
23	大族激光	4	6.5	4	21	8.15	48	5.88	12
24	科华生物	4	15	4	19	18.45	43.99	2.38	12
25	苏宁电器	3	4	5	48	16.7	74.84	4.48	12
26	思源电气	4	11	3	21	21.93	90	4.1	12

评分11分的公司（20家）（27—46）

序号	股票名称	分红次数	累计分红	送股次数	累计送股	现价	历史最高价	价格比	综合评分
27	雅戈尔	5	18	3	14.5	13.79	34.5	2.5	11
28	大湖股份	3	0.52	4	23	4.67	28.95	6.19	11
29	金地集团	5	10.68	2	18	16.12	73.5	4.55	11
30	江淮汽车	5	11.7	3	16.04	5.85	19.66	3.36	11
31	吉恩镍业	5	10.5	2	12	22.55	132.6	5.88	11
32	士兰微	4	4.5	2	20	5.78	48.73	8.43	11
33	康美药业	5	2.47	4	25	8.1	33.9	4.18	11
34	贵州茅台	6	32.27	3	15	148.01	230.55	1.55	11
35	天地科技	2	1.6	4	19	20.55	66.99	3.25	11
36	用友软件	5	30.3	4	17	19.34	68.05	3.51	11
37	福耀玻璃	3	11.1	2	20	8.21	38.49	4.68	11

38	柳钢股份	2	4	2	18	5.88	49.96	8.49	11
39	万科A	5	6	4	21	12.75	40.78	3.19	11
40	深天马A	4	4.5	3	17.5	5.17	26.6	5.14	11
41	宝新能源	5	4.2	3	18	8.51	29.81	3.5	11
42	四川美丰	4	18.8	2	12.6	7.91	33.38	4.21	11
43	天音控股	3	1.45	3	24	6.22	43.8	7.04	11
44	西山煤电	6	18.1	2	15	29.9	77.77	2.6	11
45	鑫富药业	4	7	3	17	10.62	92.82	8.74	11
46	宁波华翔	3	3.1	3	19	9.2	33.49	3.64	11

注：在上表中，我已经持有的股票是：大湖股份、西山煤电。

评分10分的公司（38家）（47—84）

序号	股票名称	分红次数	累计分红	送股次数	累计送股	现价	历史最高价	价格比	综合评分
47	华能国际	5	13.8	1	10	7.96	24.18	3.03	10
48	济南钢铁	4	18	2	4	4.55	27.3	6	10
49	三一重工	4	9.5	3	25	20.77	70.8	2.46	10
50	歌华有线	5	10	2	12	15.51	37.4	3.24	10
51	特变电工	5	4.15	4	17	18.04	58.55	3.24	10
52	铁龙物流	4	2.04	5	17	7.88	29.88	3.79	10
53	建发股份	5	20.5	2	14	13.53	31.12	2.3	10
54	中体产业	5	2.53	3	15	9.46	55.76	5.89	10
55	复星医药	6	12.3	2	13	14.49	34.55	2.38	10
56	两面针	4	7.8	2	15	8.47	67.09	7.92	10
57	华联综超	3	6	3	16	9.56	35.88	3.75	10
58	昆明制药	2	4	2	16	6.4	32.2	5.03	10
59	通威股份	3	4.46	2	20	9.78	32.8	3.35	10
60	江南高纤	5	6	3	18	6.15	21.54	3.5	10
61	康恩贝	5	13.8	1	12	8.08	28.55	3.53	10
62	广东榕泰	5	6.5	3	12	6.06	25.98	4.28	10
63	中孚实业	4	4.2	2	13	10.4	75.6	7.2692	10
64	宜华木业	4	2.2	4	13.5	5.39	41	7.6067	10
65	江苏开元	4	4.8	2	14	5.82	32.88	5.6495	10
66	深赤湾A	5	31.34	2	6	14.1	35.95	2.5496	10
67	盐田港	5	28.39	1	10	7.37	28	3.7992	10
68	中联重科	5	6.05	2	18	22.33	63.8	2.8571	10
69	银基发展	2	1.45	3	20.8	4.48	19.39	4.3281	10
70	佛山照明	5	25.15	2	8	7.99	32.54	4.0726	10
71	格力电器	4	14.1	2	10	20.61	62.79	3.0466	10
72	名流置业	5	6.55	3	17.87	6.8	21.4	3.1471	10
73	唐钢股份	5	19.75	2	11.5	7.82	29.58	3.7826	10
74	鲁泰A	5	16.44	1	10	8.5	48	5.6474	10
75	银河科技	1	0.5	5	9.3	5.64	16.78	2.9752	10

76	四川圣达	2	1	2	9.5	8.01	37.87	4.72	10
77	南方汇通	1	2	1	10	6.83	26.93	3.94	10
78	神火股份	5	25.8	1	10	20	71.58	3.57	10
79	新大陆	4	4.25	4	17.5	6.73	24.99	3.71	10
80	宗申动力	4	2.23	3	15	10	58.97	5.89	10
81	天奇股份	3	1.33	3	18	9.85	48.5	4.92	10
82	航天电器	3	4	3	17	10.46	37	3.53	10
83	青岛软件	2	3	2	20	19.96	81.99	4.1	10
84	国脉科技	1	1	2	20	14.93	119.77	8.02	10

评分9分的公司（43家）（85—105）

序号	股票名称	分红次数	累计分红	送股次数	累计送股	现价	历史最高价	价格比	综合评分
85	武钢股份	5	14.6	1	10	7.88	23.68	3	9
86	民生银行	5	4.45	6	11.95	7.92	21	2.65	9
87	保利地产	2	1	2	20	27.89	98.5	3.53	9
88	云天化	5	22.75	1	3	22.36	70	3.13	9
89	香江控股	3	0.8	3	16.1	8.61	33.8	3.92	9
90	美都控股	3	0.9	3	10	7.81	63.5	8.13	9
91	万通地产	5	7	2	15	10.74	49.01	4.56	9
92	安琪酵母	5	12.3	1	10	19.06	75.2	3.94	9
93	美克股份	5	2.75	2	16	6.23	35.12	5.63	9
94	星马汽车	5	9	2	10	8.29	28.28	3.41	9
95	安泰集团	4	3.25	2	15	7.13	28.49	3.99	9
96	三友化工	5	7.3	3	11	5.66	26.58	4.69	9
97	好当家	4	2.85	3	19	6.98	25.96	3.71	9
98	杭萧钢构	4	3.4	2	16	9.72	31.58	3.24	9
99	黑牡丹	5	12.18	2	15	9.21	26.77	2.9	9
100	信雅达	3	5.5	3	15	7.25	28.63	3.94	9
101	金晶科技	2	1.5	3	16.8	13.47	40.74	3.02	9
102	龙溪股份	5	13.55	1	10	9.06	24.79	2.73	9
103	益佰制药	3	3.8	4	15	11.1	30.67	2.76	9
104	新安股份	5	18.3	1	5.7	36.98	90.5	2.44	9
105	方正科技	3	0.56	2	13.9	4.29	15.85	3.96	9

评分9分的公司（43家）（106—127）

序号	股票名称	分红次数	累计分红	送股次数	累计送股	现价	历史最高价	价格比	综合评分
106	鹏博士	1	0.25	2	13.5	8.23	57.1	6.93	9
107	哈投股份	2	2.2	2	20	8.48	83.8	9.88	9
108	岳阳纸业	4	3.5	2	10	7.88	44.85	5.69	9
109	中粮地产	3	3.5	2	15	11.14	45.1	4.04	9

110	泛海建设	3	1.167	3	14	19.9	71.3	3.58	9
111	中金岭南	5	12.51	3	9	21.49	71.97	3.34	9
112	华立药业	3	1.8	3	13	5.14	19	3.69	9
113	石油济柴	6	2.9	3	10	17.2	62.99	3.66	9
114	吉林敖东	2	3.14	2	15	40.47	130.19	3.21	9
115	山东海龙	5	1.8	2	20	5.45	26.5	4.86	9
116	华闻传媒	3	1.2	2	20	4.89	17.5	3.57	9
117	广济药业	1	1	1	9.804	10.65	51.58	4.84	9
118	德豪润达	1	10	2	16	11.3	30.98	2.74	9
119	华兰生物	3	11	4	14	36.73	60.38	1.64	9
120	传化股份	3	4.5	3	11	8.44	28.44	3.36	9
121	华星化工	4	4	3	8	9.64	51	5.29	9
122	中捷股份	4	7.5	3	11	4.6	17.85	3.88	9
123	苏泊尔	3	6	2	13	14.7	59.98	4.08	9
124	华峰氨纶	2	2	2	13	9.3	66.2	7.11	9
125	獐子岛	2	10	1	10	20.56	151.23	7.32	9
126	恒宝股份	2	3	2	12	9.9	45.85	4.63	9
127	新海股份	1	3	2	10	8.5	43.85	5.15	9

评分8分的公司（65家）（128—148）

序号	股票名称	分红次数	累计分红	送股次数	累计送股	现价	历史最高价	价格比	综合评分
128	首创股份	5	9.75	1	10	6.55	25.58	3.9	8
129	招商银行	6	8.62	3	7.859	22.41	46.33	2.06	8
130	五矿发展	5	14.2	1	5	18.29	57.45	3.14	8
131	亚盛集团	1	0.189	2	15.2	5	17	3.4	8
132	天坛生物	7	10	2	10	22.6	52.07	2.3	8
133	金宇集团	3	4.23	2	16.2	9.51	24.33	2.55	8
134	紫江企业	5	5.75	2	10	5.61	21.9	3.9	8
135	江苏阳光	0	0	2	18.5	6.16	28.35	4.6	8
136	成城股份	2	0.25	3	11.8	5.47	25.9	4.73	8
137	蓝星新材	4	7.4	2	8	11.53	65.06	5.64	8
138	华泰股份	5	13.74	1	6	10.74	38.32	3.56	8
139	华发股份	3	3	2	13	22.59	61.5	2.72	8
140	大厦股份	5	9.2	2	15	8.89	20.18	2.26	8
141	天通股份	5	3.85	2	8	5.14	46.68	9.08	8
142	鼎盛天工	1	0.25	2	16.1	6.73	25.84	3.83	8
143	国阳新能	5	20.45	1	10	30.36	75	2.47	8
144	浙江龙盛	4	5	2	13	7.11	19.97	2.8	8
145	动力源	3	2.5	2	12	8.02	34.49	4.3	8
146	宝钛股份	5	15.3	1	8	22.9	88.7	3.87	8
147	双良股份	5	10.2	1	10	11	35.46	3.22	8
148	龙元建设	4	6.5	3	16	8.93	21	2.35	8

评分8分的公司（65家）（149—168）

序号	股票名称	分红次数	累计分红	送股次数	累计送股	现价	历史最高价	价格比	综合评分
149	科达机电	5	13	2	15	11.31	40.64	3.59	8
150	天富热电	5	8.9	1	10	9.8	46.46	4.74	8
151	置信电气	5	6.1	3	22.5	15.4	61	3.96	8
152	华海药业	5	10.5	3	14	13.92	30.2	2.16	8
153	山东黄金	5	19.3	1	10	60.1	239	3.97	8
154	厦门钨业	5	6	3	23	18.55	42.5	2.29	8
155	康缘药业	5	7.9	2	13	14.47	36.8	2.54	8
156	芜湖港	4	8.5	2	15	10.87	26.48	2.43	8
157	精达股份	3	3.2	2	10	6.6	24.72	3.74	8
158	长电科技	4	2.5	2	16	4.94	19.46	3.93	8
159	大众公用	2	1.7	4	10.5	11.71	25.45	2.17	8
160	广电网络	2	0.3488	3	7.439	7.86	42.9	5.45	8
161	海通证券	4	5.7	4	20	16.45	68.53	4.16	8
162	博汇纸业	3	2.5	2	11	7.74	27.54	3.55	8
163	马应龙	4	16.5	2	7	21.92	80	3.64	8
164	开滦股份	4	14.5	1	5	18.69	57	3.04	8
165	大唐发电	2	3.5075	1	10	8.11	45.24	5.57	8
166	云南白药	5	11.5	4	13.58	35	41.96	1.19	8
167	绵世股份	2	1.25	2	11.5	12.4	76.54	6.17	8
168	亿城股份	6	1.91	4	13.1	7.59	16.75	2.2	8

评分8分的公司（65家）（169—192）

序号	股票名称	分红次数	累计分红	送股次数	累计送股	现价	历史最高价	价格比	综合评分
169	长安汽车	4	6.9	3	6	8.14	24.58	3.01	8
170	三木集团	0	0	3	13	5.03	17.66	3.51	8
171	漳泽电力	5	9.83	2	8	4.43	17.29	3.9	8
172	盐湖钾肥	5	30.8	1	5	56.81	107.69	1.89	8
173	太钢不锈	5	11	2	8	7.68	33.58	4.37	8
174	鲁西化工	4	4	3	15	5.07	10.4	2.05	8
175	江钻股份	5	13	0	0	7.97	39.6	4.96	8
176	张裕A	5	32	2	6	56.3	100.2	1.77	8
177	双汇发展	5	34	2	6.8	36	63.65	1.76	8
178	津滨发展	5	1.1	3	11.1	5.53	21.8	3.9421	8
179	丰原生化	2	1.5	2	12	5.69	21	3.69	8
180	新和成	5	16	2	15	34	60.78	1.78	8
181	盾安环境	4	9	2	10	12.14	42.78	3.52	8
182	世荣兆业	2	3.5	2	11.49	7.9	27.49	3.47	8
183	七匹狼	3	3.5	3	13	15.36	37.8	2.46	8
184	宜科科技	4	6	2	5.5	6.07	34.3	5.65	8

185	双鹤药业	4	5.6	3	17	32.35	71.98	2.22	8
186	同洲电子	1	1	3	16	11.6	54	4.65	8
187	栋梁新材	2	2	2	12	8.45	31.67	3.74	8
188	莱宝科技	2	11	2	6	12.7	43.47	3.42	8
189	石基信息	1	5	1	10	32.2	184	5.71	8
190	正邦科技	0	0	2	15	8.78	51	5.8	8
191	御银股份	1	5	1	10	11.09	74.65	6.73	8
192	怡亚通	1	4	1	10	13.61	93.98	6.9	8

评分7分的公司（102家）（193—212）

序号	股票名称	分红次数	累计分红	送股次数	累计送股	现价	历史最高价	价格比	综合评分
193	宝钢股份	5	15.9	0	0	7.04	22.12	3.14	7
194	中原高速	4	7.2	3	8.2	4.07	10.77	2.64	7
195	中海发展	5	14	0	0	12.91	44	3.4	7
196	中信证券	5	9.8	1	10	28.26	117.89	4.17	7
197	冠城大通	5	1.43	5	11.8	12.99	27.24	2.09	7
198	同仁堂	5	10.5	2	4	16.65	46.5	2.79	7
199	长航油运	5	7	1	8	6.19	30.22	4.88	7
200	广州控股	5	11.7	1	5	6.5	20.66	3.17	7
201	明星电力	2	0.5	3	9	6.8	27.24	4	7
202	国金证券	1	0.5	1	10	22.29	159	7.13	7
203	重庆啤酒	5	7	3	9.85	19.76	54	2.73	7
204	中国船舶	4	15.2	0	0	63.46	300	4.72	7
205	生益科技	6	7.66	1	5	6.75	28.1	4.16	7
206	新湖中宝	1	0.112	3	13	11.15	22.85	2.04	7
207	南山铝业	3	3.2	1	10	10.25	40.65	3.96	7
208	太龙药业	0	0	3	14.54	8.22	23.65	2.87	7
209	赤天化	5	9.99	1	8	9.68	32.8	3.3884	7
210	金鹰股份	4	3.9	1	3	5.18	27.3	5.27	7
211	外运发展	5	9.5	1	1	8	32.65	4.08	7
212	羚锐股份	5	3.3	1	10	7.74	38.35	4.95	7

评分7分的公司（102家）（213—232）

序号	股票名称	分红次数	累计分红	送股次数	累计送股	现价	历史最高价	价格比	综合评分
213	江苏舜天	5	6.1	1	10	7.15	32	4.47	7
214	九龙电力	5	7.95	1	10	9.22	29.5	3.19	7
215	维维股份	5	6.3	1	10	5.19	20	3.85	7
216	天房发展	5	2.5	1	10	5.95	26.98	4.53	7
217	南海发展	6	12.3	1	3	9.45	19	2.01	7
218	健康元	4	5.6	1	8	6.45	46.98	7.28	7
219	广东明珠	5	3.3	1	10	6.89	27	3.91	7

220	金山股份	5	1.4	2	10	9.04	30.03	3.32	7
221	凯诺科技	3	2.8	1	10	5.06	29.26	5.78	7
222	红豆股份	4	2.42	3	8	5.51	19.1	3.46	7
223	小商品城	3	13	1	10	41.14	119.88	2.91	7
224	现代制药	4	6	3	16	9.15	16.18	1.76	7
225	柳化股份	4	4.5	2	5	9.45	32.17	3.4	7
226	风帆股份	4	4.21	1	10	12.87	52.3	4.06	7
227	天药股份	5	3.9	1	8	7.44	41.08	5.52	7
228	中化国际	5	10.25	2	6	11.88	38.3	2.55	7
229	长园集团	5	5.2	3	5	20.25	59.85	2.95	7
230	中铁二局	3	4.5	2	8	11.72	38.68	3.3	7
231	天力士	5	14.803	1	6	17.96	37.25	2.07	7
232	天威保变	3	4.5	2	16	35.68	83	3.23	7

评分7分的公司（102家）（233—252）

序号	股票名称	分红次数	累计分红	送股次数	累计送股	现价	历史最高价	价格比	综合评分
233	大众交通	3	6	3	11.5	13.42	29.2	2.17	7
234	海立股份	3	4.5	2	4	6.51	20.4	3.13	7
235	三爱富	3	3.5	3	7	7.65	22.35	2.92	7
236	信达地产	0	0	2	21	11.26	28.6	2.53	7
237	琼森控股	2	2.6	3	11.5	6.6	20.5	3.1	7
238	交运股份	5	6.1	2	11.5	5.98	16.87	2.82	7
239	广船国际	1	5	0	0	22.27	102.89	4.62	7
240	金龙汽车	5	7.3	3	11	8.58	35.27	4.11	7
241	东软集团	3	12.25	1	8	17.93	51.8	2.88	7
242	山西焦化	4	8	1	10	8.45	29.75	3.52	7
243	厦门国贸	5	6	2	12.5	14.15	31.58	2.23	7
244	京能置业	3	1.1	2	11	6.86	25.3	3.68	7
245	东方集团	3	0.33	3	6.5	8.49	41.72	4.91	7
246	益民商业	2	2.5	3	13.5	6.15	14.98	2.43	7
247	新华传媒	3	4.38	2	7	17.8	59.88	3.36	7
248	上海机电	5	6	2	4	12.7	44.05	3.46	7
249	上工申贝	0	0	1	1.5	9.12	14.15	1.55	7
250	中海海盛	5	3.4	2	11	9.51	25.42	2.67	7
251	中材国际	5	24.2	0	0	29.22	78.5	2.68	7
252	文山电力	4	9.6	1	6.4	7.56	25.22	3.33	7

评分7分的公司（102家）（253—272）

序号	股票名称	分红次数	累计分红	送股次数	累计送股	现价	历史最高价	价格比	综合评分
253	南玻A	5	12.1	2	7.5	15.67	28.35	1.8	7
254	招商地产	5	5.8073	2	7	31.75	102.89	3.24	7

255	深南电A	3	9.98	1	1	5.25	17.6	3.35	7
256	中兴通讯	5	12	2	6	28.1	79.8	2.83	7
257	合肥百货	4	4.5	3	10	8.61	17.8	2.06	7
258	通程控股	2	2	1	10	6.48	36.81	5.68	7
259	柳工	5	13.5	1	3	16.64	46.28	2.78	7
260	万向钱潮	5	6.7	2	14	7.25	16.93	2.33	7
261	焦作万方	4	9.1	0	0	13.01	67.98	5.22	7
262	茂化实华	4	5.5	2	5	7.11	22.6	3.17	7
263	泰达股份	5	2.84	2	7	7.47	34.59	4.63	7
264	保定天鹅	2	3.5	1	10	5.9	20.56	3.48	7
265	山西三维	2	3	1	2	7.78	44.6	5.73	7
266	博盈投资	2	0.58	3	12.05	8.53	17.54	2.05	7
267	新兴铸管	5	17.37	2	5.56	8.51	18.48	2.17	7
268	五粮液	4	4.1	2	14	19.73	51.49	2.6	7
269	中鼎投资	1	0.5	1	22	9.82	24.58	2.5	7
270	现代投资	6	25.17	0	0	18.29	37.16	2.03	7
271	云内动力	5	13.5	1	5	9.78	25.38	2.59	7
272	泸天化	6	20.96	0	0	10.63	25.3	2.38	7

评分7分的公司（102家）（273—294）

序号	股票名称	分红次数	累计分红	送股次数	累计送股	现价	历史最高价	价格比	综合评分
273	福星股份	5	6.2	1	9.8	10.33	34.65	3.35	7
274	锡业股份	5	7.9	2	7	22.68	102.2	4.5	7
275	中科三环	5	4.31	1	10	7.4	24.19	3.26	7
276	新中基	5	2.9	2	11	7.32	31.98	4.36	7
277	科学城	4	0.9515	2	12.85	6.87	19	2.76	7
278	中银绒业	1	0.5	2	13	8.76	24.1	2.75	7
279	隆平高科	5	6.4	2	11	18.17	47	2.58	7
280	永新股份	4	14	2	3	11.7	28.6	2.44	7
281	七喜控股	1	2	2	13.5	5.6	15.01	2.68	7
282	华帝股份	4	7	3	9	6.03	15.8	2.62	7
283	横店东磁	1	3	1	10	11.72	41.83	3.56	7
284	山河智能	1	0.3	1	10	17.75	112.99	6.36	7
285	兴化股份	2	4.5	2	10	9.6	27.79	2.89	7
286	科陆电子	1	2	1	10	15.5	84.7	5.46	7
287	天马股份	1	2	1	10	28.28	163.98	5.79	7
288	实益达	1	3	1	5	7.66	52.5	6.85	7
289	远望谷	1	5	1	10	15.5	72.39	4.67	7
290	深圳惠程	1	5	1	10	14.81	63	4.25	7
291	澳洋科技	1	1.5	1	10	7.61	76.68	10.07	7
292	海得控制	1	1	1	10	4.92	28.38	5.76	7
293	武汉凡谷	1	3	1	10	16.13	62.3	3.86	7
294	金凤科技	1	1	1	10	30.12	5.31	5.31	7

应该说，对沪深股市股票种子筛选工作的完成，对我的股票投资来说具有极其重要的意义，为能够有的放矢打下了坚实的基础，指明了投资的方向，使我的播种不再随心所欲、盲目而行。虽然筛选出的种子不到300支，但是有些不在此列的股票还是可以播种的。那些股票往往不爱分红送配，但是却能走出一波又一波行情，赚取差价的收益也是相当可观的。我决定把这些股票也列在播种的名单中。

需要说明的是，每个投资者都可以花费些时间制订出适合自己的投资策略，以上表格中的股票仅供参考，据此入市，风险可是要自负的。

大跌验证理论，从此赚多赔少

2009年8月19日 星期三 天气阴 有中雨

已经有一周的时间没有写日记了，上证指数自8月5日开始下跌调整也已经有十个交易日了。虽然我始终盼望着调整，不希望大盘直取6000点。但是，我还是没有从昨天的反抽中获利。因为自己的过于自信，以至于自己的主力部队在8月5日被困在中金黄金66元的高地上。这是一次相当沉重的教训！

回过头看，如果我8月6日按照一击不中即刻卖出的操作策略第二天卖出，虽然亏损一两千元，但是昨天或者前天在48元左右买进，亏损的金额还是可以轻松地补回来的。所以，在大盘下跌时，不要考虑眼前的损失，而要果断卖出。股市里机会有的是，要想到后市跌得越深，给你带来的机会就越大。

好在我买进的是黄金股，而且是黄金龙头，无论如何总有国际金价在那撑着。后面的操作要围绕着中金黄金展开，不为别的，只为把损失弥补回来。也许我需要休息一下了。

不过，这次大跌等于对我自己制定的投资策略进行了一次测试，我获得了两方面的感受。第一是我真的没有担心或者说考虑那些已经播种成功的股票种子，因为我是零成本购买的，即使跌到1元钱，我仍然是挣钱的，所以我不担心，这意味着我的心态确实与用传统炒股方法炒股发生了根本性的变化，而我反复担心关注的只是我最后用本金买入的中金黄金。心态的变化将使我逐步取得股票投资的成功；第二是大跌时个股虽然也随着大盘下跌而下跌，但是它们不会跌到零元，也就是说随着我播种种子的不断增加，我只能是盈利，而不可能亏损。这就是我通过此次大跌获得的最有价值的东西，它验证了我的理论是科学的，是有效的，我找到了散户股票投资的成功法则，我的投资操作技巧改变了散户长期以来股票投资亏损的尴尬情况，可以让我们通过不断的努力积累财富。

举个简单的例子，如果我当初投入的28000元买入一支股票后，盈利了30000元，合计是本利58000元，此时我看好一支股票，假定市价是58元，我买入了1000股，持股待涨。但运气不佳，买入后大盘直跌，该股从58元直跌到18元，这就意味着我不仅损失掉了30000元利润，还赔掉了10000元本金。

而按照我的操作技巧，假定30000元利润被分摊在平均价格10元左右的15支股票上，每支股票平均200股即2000元，按照58元跌到18元的跌幅68.9%计算，假定随大盘的跌幅相同，那么10元的股票将下跌到3.11元，3000股的股票数量在大盘下跌68.9%以后仍然是市值9330元，由于股票价格不可能跌到1元甚至0元，所以我就不可能有本金的损失。即便我们用本金买入了58元的股票400股，只要设定好止损，果断执行我们的操作纪律"一击不中即刻卖出"，就可以完胜股票市场。

当我们的收益不断增加，积少成多时，与本金的比值也在不断减少，我们也正处于不可能亏损的绿色通道中。这就好比是两个类似金字塔三角形的寓意。尖角在上的绿色正三角形象征着我们投入大量的本金只为赚取类似金字塔塔尖这微不足道的收益，但随着我们播种次数的增多，我们的收益开始像倒金字塔三角形般成长，倒金字塔三角形里阡陌纵横，随着股票数量不断积累增多，最终会等于我们的本金，并且超过本金。

由于我们每次的本金基本不变，止损的比例也不变，即损失额控制是固定的，而且我们是看势炒股，一般成功的概率远大于失败的概率，收益在不断成长，因此，亏损正在逐步地远离我

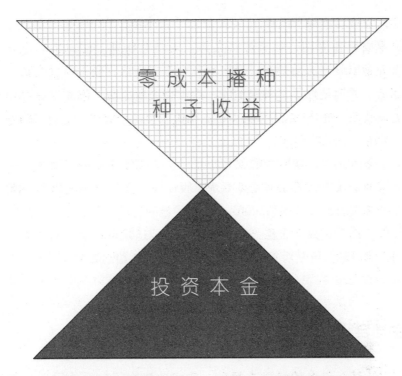

注：在投资本金的对面，是阡陌纵横一望无际的投资收益田野，我们只能一块地一块地的播种，永远不可能一劳永逸。如果不能克服贪婪的欲念，财富来得快去的也快。

们。当我们积累的量达到一定程度时，在合适的时候就会发生质变，财富效应就会显现出来。这需要时间，时间会给予有耐心的人最高的奖赏。

所以，猜测大盘的底和顶是没有太多的意义的。作为散户投资者，要懂得如何将无限的风险转化为有限的风险，如何将有限的利润通过时间转化成无限的收益。人常说，股市有风险，入市需谨慎。但是，没有风险，就没有利润，或者说没有高风险，就没有高收益。我们积极地以零成本播种股票，就将无限风险转化成了极其有限的风险，不怕跌的同时，也不占用我们的资金，我们也就可以让时间来慢慢地换取空间，来换取分红送配。还有什么事情能够比这样的投资更具备投资价值呢？你将其放在银行、国债、基金中，还占用你的资金呢！

这次大幅度下跌，我通过账面收益损失获得了十分宝贵的经验，坚持股票种子播种，坚持"T日一击不中，T+1日逢高卖出"的重要操作原则。如果你买入第二天没有如期上涨，则一定要当天卖出股票，要知道，股市里有上千支股票，股市里机会到处都是，关键是你不要被眼前的一点点损失所蒙蔽，眼光要看得长远，最多不过是10%的损失而已。陈氏股票第一定律一定会帮助你不断积累自己的财富。

总体而言，炒股炒的就是心态，再次强调不要在一棵树上吊死，股票成千，天下何处无芳草？假如在一支股票上盈利3%，那么1000支股票就将盈利3000%，多么浅显的道理，只要下工夫盘后分析，选对正处于上涨态势的股票，盈利还是可以期待的。什么叫大势所趋？就是看见了惯性上涨的大势就要趋之若鹜。

主动自我分红与被动中报年报分红送配

经过一年多的零成本播种，我成功建立了自己的股票责任田，在责任田中有二十多支股票，那么，这些股票种子的分红送配情况怎样呢？

交收日期	证券代码	交易类别	成交价格	成交数量	证券余额	成交金额	费用合计
20090526	000983	红利	0	0	0	37.8	0
20090804	600601	红利	0.02	500	0	9.9	0
20090612	600837	红利	0.09	100	0	9	0
20090616	600282	红利	0.036	200	0	7.2	0
20090617	600896	红利	0.036	100	0	3.6	0
20090625	600183	红利	0.135	100	0	13.5	0
20090701	600879	红股	0	50	150	0	0
20090824	600266	红利	0.045	100	0	4.5	0
20091217	600158	红利	0.059	400	0	23.4	0

注：000983西山煤电，600601方正科技，600837海通证券，600282南钢股份，600896中海海盛，600183生益科技，600879火箭股份，600266北京城建，600158中体产业。

虽然整整一年超级股农获得的现金红利入账只有99元钱，其实是微不足道的，可能都不够某次交易的税费，但是一年的时间并不能说明什么，不能一叶障目。分红入账99元主要是我目前播种的股票种子数量没有形成相当的规模导致的，分红的原始股票数量只有1600股，假如是50000股甚至10万股呢？

我们更应该看到，在我持有的23家上市公司中，有9家上市公司分红送配，占到全部种子的39.13%。不仅如此，火箭股份送配红股每10股送增5股，100股火箭股份我获得了50股，按照该股票2009年12月31日的收盘价11.58元计算，50股就是市值579元。

即便上市公司每年有两次根据业绩分红送配的可能，这也绝不意味着我会被动地等待上市公司的中报和年报，因为股票种子很可能会因为某种原因或者多种因素而导致没有分红。

实际上，被动等待上市公司分红送配只是我股票播种操作的收益方式之一，在实施该策略之前，还有一招是主动自我分红——主动复制股票数量。

所谓主动自我分红，是指要充分认识到股票的价格涨跌是常态，对于播种成功的股票种子，要了解该股票的历史最高价和最低价以及该股票的实际价值，当种子股票的价格上涨到较高价位时，意味着需要收割该股票，收割后收益回到账户这部分资金不要动，而是要等待该股票价格回落到较低的价位，然后动用收割的资金再次购买该股票。购买时机的标准是：以可以拥有收割前两倍以上的股票数量为宜。

以我播种的第一支股票种子北京城建为例，2005年3月该股达到历史最低价4.47元，2007年6月达到历史最高价40元，当其股价上升到30元左右时，可以考虑收割；当其股价回落到7、8元左右时，可以再次买进该股票，进行再次播种。从某种程度上讲，将300股云南铜业置换成7支股票的交易可以看作是主动自我分红的预演。

以下是我根据目前的种子情况所制订的主动自我分红计划，通过这个计划，我可以看到自己股票投资的未来。

股票代码	现有数量	计划收割价	初次收获金额	计划播种价	二次购买数量	二次收获金额
600266	100	30	3000	7	400	12000
600879	150	30	4500	8	300	9000
000983	100	50	5000	10	500	25000
600586	100	30	3000	8	300	9000
000878	100	78	7800	10	500	39000
600896	100	18	1800	5	300	5400
600158	400	35	14000	6	2000	70000
600282	100	50	5000	15	300	15000
600020	200	15	3000	5	600	9000
600183	100	8	800	4	200	1600
600601	500	20	2000	5	400	8000
600257	100	30	15000	6	2000	60000
600331	200	18	1800	5	300	5400
600289	100	66	13200	6	2000	132000
600410	100	46	4600	8	500	2300
600271	100	33	3300	8	400	13200
600143	100	50	5000	15	300	15000
600066	100	55	5500	6	800	44000
600428	100	30	3000	8	300	9000
600428	100	30	3000	7	400	12000
600439	100	40	4000	8	500	20000
600255	100	16	1600	3	400	6400
合计	3150		109900		13700	543000

注：通过上表可以看出，如果成功地实现两次主动自我分红，则股票资产就可以获得质的提升。

基金定投的智慧：基金也需要盯绝对智慧的另类定投

如果你说没有时间盯盘炒股，那么选择基金定投作为自己的理财方式是最佳选择。

说到基金，2009年7月6日华夏基金公司要发行华夏沪深300指数型基金，发行价1元。我特别查看了以前自己投资过的嘉实300指数基金，发现该基金的上涨速度远远超过我所定投的华夏回报。当然，其下跌的幅度之深也是华夏回报所不能比拟的。但是，这种大幅涨跌的基金实际上更适合做定投。于是我决定把通过中国银行定投华夏回报的投资计划取消，改投嘉实300。你要问为什么不申购点华夏沪深300基金呢？要知道现在嘉实300的净值是八毛多，而华夏300是1元，这就好比几乎一样的西红柿，这个卖八毛，那个卖1块，假定我有3.2元，8毛的西红柿我能买4斤，1块的西红柿我却只能买3.2斤，你说我应该买哪个？道理是十分浅显的。当然，你要是赶上用8两称的商贩就只能自认倒霉了。开个玩笑。

不过，从2007年股市从6000点下跌到1600多点的历史经验来看，投资基金也不能把百分之百的资金全部杀入，这种风险是十分可怕的。人常说不入虎穴，焉得虎子，但是没有完备的救援方案，恐怕就会凶多吉少。现在是面临3000点的关口，有必要总结我们投资基金的经验教训，在此我们不妨做个假设，假如在6000点我们申购基金时能够保持一份大脑的清醒与理智，能够考虑到股市下跌基金怎么办，能够为股市下跌多准备几份摊薄基金购买成本的后备资金，即将当初一次性购买基金的资金选择三分法或者五分法申购基金，如果股市每下跌1000点就购买五分之一的基金，那么现在早就盈利了。

举个例子，小张在股市6000点时投资10万元以1元的价格申购了某某基金10万份（为计算简便忽略申购费用，实际份额不到10万份），当上证指数下跌到1600多点时，即下跌幅度超过70%，小张所购买的基金净值可能每份也只剩3毛钱，投资的10万元也不过只值3万多元。当股市回到3000点时，上涨幅度超过87%，而基金净值也只是回到七八毛钱每份，小张账面还浮亏两三万元。

假如小张在当初购买基金时采取五分法定投该基金，那他就会取得十分不错的投资结果（见下表）：

上证综指	基金净值	投资金额（元）	购买份额（份）	累计份额（份）
6000	1	33333	33333	33333
5000	0.84	33333	35714	69047
4000	0.67	33333	49750	118797
合计		99999	118797	

从上表可以看出，当股市跌到2000点的时候，小张已经持有的基金份额高达174265份，当股市回到3000点的时候，按照基金

净值0.7元计算，小张可以赎回的金额已经是121985.5元，已经有2万多元的盈利了，盈利幅度超过20%了。

我们再来看一下三分法购买基金的投资结果：

上证综指	基金净值	投资金额（元）	购买份额（份）	累计份额（份）
6000	1	20000	20000	20000
5000	0.84	20000	23809	43809
4000	0.67	20000	29850	73659
3000	0.5	20000	40000	113659
2000	0.33	20000	60606	174265
合计		100000	174265	

从上表可以看出，小张采用三分法购买到的基金总份额是118797份，当股市回到3000点时，按照基金净值0.7元计算，小张可以赎回的金额已经是83157.9元，账面浮亏是16842.1元。虽然还是亏损，但是要比一次性买入少亏损13157.9元。因此，分期定投是防范风险的最佳办法。

那么，还有另外一种情况，就是在我们买入基金后股市持续上涨，而我们则只买入了三分之一或者五分之一的资金，岂不是要少挣不少钱？我们说金融投资如火中取栗，风险永远要大于机会，你见过谁把自己的双手和双脚乃至全身都进入到炙热的火焰中去寻取栗子呢？！任何时候，全部资金的收益都要按照年收益来计算，我个人认为，目前只要全部资金的年收益率超过8%，就已经是金融投资上的巨大成功了。换句话说，小张的10万元资金只要年收益8000元以上，就相当不错了。即按照五分法20000份额的基金，当净值涨到1.4元时，即可卖出全部基金。

切记：贪婪是人类的天敌。过分贪婪与自杀无异。如果我们对投资追求的年度收益目标不是30%，也不是50%，更不是100%，那么，也许作为中小散户在金融投资理财方面很可能就是成功的多，失败的少。

道理其实很简单，在庄家控制的市场环境下，5%、10%甚至15%都很有可能只是通往庄家目标成功城堡的路边的一棵小草或一朵小花，我们和庄家都可以轻易采到，但是30%，甚至50%以上都是参天大树，这些大树都长在深山中，到达的道路十分曲折，庄家控制的市场投资列车可能都无法直接开到那里，所以，幻想短期内高收益是极不现实的，只能说是一种不恰当的自我伤害。

后记

Postscript

本来想继续自己播种股票，直到播种了300支股票后再出版此书，但是，近来媒体的报道使我决定将图书出版的计划大大提前。

2009年12月3日网上一则消息广为传播：炒股狂人从120万炒到10万强悍手法惊动券商。从120万亏损到10万，亏损110万，这是何等惨痛的经历。在GOOGLE搜索引擎中搜索"股票亏损"关键词，可以搜索到6730000条结果；再搜索"股票亏损自杀"，又得到1720000条结果。我相信,这里面投资亏损的散户居多。

也许，二十几支股票种子的成功播种远没有三百支股票种子给人的震撼力要强，但是，如果通过这本书，我能够尽早地使广大中小散户投资者踏上股票投资的成功之路，那么我会感到自己取得了巨大的成功。

佛经有云：救人一命，胜造七级浮屠。倘若此书能够拯救万千散户于苦海，一改往昔赔多赚少的尴尬境地，我想，我这一生，即使现在就死去，那也是非常值得的。我想再次提醒参与股票投资的散户朋友，股票投资是高风险的金融投资，一定要戒贪，一定要记住荀子《劝学》中的名言："不积跬步，无以至千里；不积小流，无以成江海。"这才是股票投资的大智慧。

2010年的春节就要来临了，股指期货和融资融券也越走越近了。我想每位读者都要盘点自己的2009年，投资是赚了还是赔了，赚了的可以坚持自己的投资方法，赔了的就要静下心来，仔细琢磨一下自己投资的问题出在哪里。如果你在2009年亏损了，那么我向你建议，在新的一年里，你不妨采取超级股农的零成本播种法，既不怕踏空，也不怕下跌，开启散户人生的股票资产财富积累之路。

如果今天给你24320元钱，明天让你还给我24300元，我要求你一年后要把这20元增值71倍变成1420元还给我，你能够做到吗？你认为可能吗？零成本播种股票法可以帮助你做到。

那么，到底零成本播种股票的收益率如何呢？明天就是大年三十了，我想应该向关心我的博客的博友做一个投资方法的展望，好让博友们看到坚持超级股农零成本播种法的未来，看到我一年后部分资金实现了7100%的收益，71倍的收益，这在任何人看来都是不可想象的。但是，我却做到了。

我初次买入金晶科技是在2009年1月22日，用2毛钱每股成功播种了100股。截至2010年2月12日，这100股在一年后的收益如何呢？请看下面的截图，来自股票交易软件：

证券代码	证券名称	股票余额	拥股数量	可用数量	最新价	盈亏成本	参考保本价	证券市值	累计浮动盈亏	盈亏比例
600586	金晶科技	100	100	100	14.770	0.203	0.204	1477.00	1456.68	7175.86%

这并非是人为PS出来的，说实话，这种收益率连我自己都不敢想象，以前炒股都是说赚百分之几十，最多不过百分之一百、二百、五百，而通过零成本播种法我却实现了7175%的收益率。不要小看这很小的一部分资金，如果我们像滚雪球似的这滚一部分，那滚一部分，那么最终就会汇聚成一个大得令人惊讶的大雪球，这是什么？这就是财富积累。

我曾经和朋友谈论零成本播种法，他们有的人认为赚取100股或者200股太少，他们总是希望买的1000股或者3000股股票整体上涨。殊不知，这是一种不切实际而且短视的行为。

请设想一下：假如你有1000股，这100股收益1000%，那100股收益2000%，那100股收益800%，最后总体收益不是很高而且很有保证吗？

《老子》说："合抱之木，生于毫末；九层之台，起于垒土；千里之行，始于足下。"因此，不要看不上毫末，不要看不上尘土，新春过后，希望更多的朋友能够早日开始自己的财富积累之旅，我会在路上等你！

以下是我归纳总结的投资理念，需要我们随时提醒自己：

一、运用陈氏股票第一定律选股，只管播种股票资产数量，培育则交给市场，市场只会越来越完善。何况中国经济的发展刚刚起步，还有非常长远的可期待的未来。

二、如果你没有能力将股票价格向上推升，那么就想办法把你购买股票的每股价格做到1元以下，这样一来，既做出了赢利空间，又彻底解决了被套的风险。

三、当收益不够播种该支股票最低数量时，要懂得及时收益置换。收益置换是零成本播种法的核心技术。

四、不论庄家有多么厉害，他可以把你的股票价格打压下跌100%甚至200%，但绝不可能把你的200股股票变成100股。

五、散户在搭乘庄家投资列车时，要事先制订在哪下车的计划，并严格执行到站下车，时刻记住自己只是搭乘者，所以制订的计划最好是仅乘坐三站，最多不超过五站。

六、记住毛主席的话："要胜利，必须在广阔的股票战场上进行高度的运动战，迅速地前进和迅速地后退，迅速地集中和迅速地分散。"这是以弱胜强的伟大智慧。

七、对待播种成功的股票种子设定适当的收割价，收割后资金不要挪用，待原股票具备播种价值后，再全仓买入进行股票数量的快速增加。此视为主动自我分红。

毫无疑问，进行股票投资，散户要想只赚不赔就必须建立一套适合自己操作的系统工程，绝对不是简单的赚取差价那么简单。最后，真诚地希望中国股市不断涌现更多的超级股农投资者，他们坚定地不断播种，坚持持有手中的股票一年、两年甚至五年、十年，充分享受中国经济改革成功发展的累累硕果。

超级股农：陈拥军

于北京澳林春天

2010-2-12

"引领时代"金融投资系列书目

书 名	原书名	作 者	译 者	定价
世界交易经典译丛				
我如何以交易为生	How I Trade for a Living	〔美〕加里·史密斯	张 轶	42.00元
华尔街40年投机和冒险	Wall Street Ventures & Adventures Through Forty Years	〔美〕理查德·D.威科夫	蒋少华、代玉簪	39.00元
非赌博式交易	Trading Without Gambling	〔美〕马塞尔·林克	沈阳格微翻译服务中心	45.00元
一个交易者的资金管理系统	A Trader's Money Management System	〔美〕班尼特·A.麦克道尔	张 轶	36.00元
菲波纳奇交易	Fibonacci Trading	〔美〕卡罗琳·伯罗登	沈阳格微翻译服务中心	42.00元
顶级交易的三大技巧	The Three Skills of Top Trading	〔美〕汉克·普鲁登	张 轶	42.00元
以趋势交易为生	Trend Trading for a Living	〔美〕托马斯·K.卡尔	张 轶	38.00元
超越技术分析	Beyond Technical Analysis	〔美〕图莎尔·钱德	罗光海	55.00元
商品期货市场的交易时机	Timing Techniques for Commodity Futures Markets	〔美〕科林·亚历山大	郭洪钧、关慧——海通期货研究所	42.00元
技术分析解密	Technical Analysis Demystified	〔美〕康斯坦丝·布朗	沈阳格微翻译服务中心	38.00元
日内交易策略	Day Trading Grain Futures	〔英、新、澳〕戴维·班尼特	张意忠	33.00元
马伯金融市场操作艺术	Marber on Markets	〔英〕布莱恩·马伯	吴 楠	52.00元
交易风险管理	Trading Risk	〔美〕肯尼思·L.格兰特	蒋少华、代玉簪	45.00元
非同寻常的大众幻想与全民疯狂	Extraordinary Popular Delusions & the Madness of Crowds	〔英〕查尔斯·麦基	黄惠兰、邹林华	58.00元
高胜算交易策略	High Probability Trading Strategies	〔美〕罗伯特·C.迈纳	张意忠	48.00元
每日交易心理训练	The Daily Trading Coach	〔美〕布里特·N.斯蒂恩博格	沈阳格微翻译服务中心	53.00元
逻辑交易者	Logical Trader	〔美〕马克·费舍尔	朴 兮	45.00元
市场交易策略	Market Trading Tactics	〔美〕戴若·顾比	罗光海	48.00元

股票即日交易的真相	The Truth About Day Trading Stocks	〔美〕乔希·迪皮特罗	罗光海	36.00元
形态交易精要	Trade What You See	〔美〕拉里·派斯温托 莱斯莉·久弗拉斯	张意忠	38.00元
战胜金融期货市场	Beating the Financial Futures Market	〔美〕阿特·柯林斯	张 轶	53.00元
股票和期货的控制论分析	Cybernetic Analysis for Stocks and Futures	〔美〕约翰·F.埃勒斯	罗光海	45.00元
趋势的本质	The Nature of Trends	〔美〕雷·巴罗斯	张 轶	45.00元 （估）
交易大师：当今顶尖交易者的超级收益策略	Master Traders: Strategies for Superior Returns from Todays Top Traders	〔美〕法雷·汉姆瑞	张 轶	38.00元 （估）
一个外汇交易者的冒险历程	Adventures of a Currency Trader	〔美〕罗布·布克	吴 楠	32.00元 （估）
动态交易指标	Dynamic Trading Indicators	〔美〕马克·黑尔韦格 戴维·司汤达	张意忠	35.00元 （估）
股票期货赢利秘诀	New Blueprints for Gains in Stocks & Grains & One-Way Formula for Trading in Stocks & Commodities	〔美〕威廉姆·达尼根	陈立辉	68.00元 （估）
期货交易游戏	The Futures Game	〔美〕理查德·J.特维莱斯 弗兰克·J.琼斯	蒋少华、潘婷 朱荣华	78.00元 （估）
赚了就跑：短线交易圣经	Hit and Run Trading: the Short-Term Stock Traders' Bible-Updated	〔美〕杰夫·库珀	罗光海	48.00元 （估）
观盘看市：盘口解读与交易策略	Tape Reading and Market Tactics	〔美〕汉弗莱·B.尼尔	郭鉴镜	48.00元 （估）
把握市场时机	Timing the Market	〔美〕科提斯·阿诺德	陈 烨	48.00元 （估）
股票大作手回忆录	Reminiscences of a Stock Operator	〔美〕埃德温·勒菲弗	丁圣元	48.00元
市场剖面图分析	Markets in Profile	〔美〕詹姆斯·F.戴尔顿	陈 烨	35.00元 （估）
小盘股投资者	The Small-Cap Investor	〔美〕法雷·汉姆瑞	季传峰	38.00元 （估）
时间价值论（暂定）	Value in Time	〔美〕帕斯卡尔·威廉	华彦玲	45.00元 （估）
资金管理的数字手册（暂定）	The Handbook of Portfolio Mathematics	〔美〕拉尔夫·文斯	蒋少华	45.00元 （估）

价格图表形态详细解读（暂定）	Reading Price Charts Bar by Bar	〔美〕埃尔·布鲁克斯	刘　勇	38.00元（估）
安德鲁音叉线交易技术分析（暂定）	Integrated Pitchfork Analysis	〔美〕米尔卡·多洛加	张意忠	38.00元（估）
非主流战法——高胜算短线交易策略（暂定）	Street Smarts: High Probability Short-Term Trading Strategies	〔美〕劳伦斯·A.康纳斯 琳达·布拉福德·拉斯奇克	孙大莹、张轶	48.00元（估）
屡试不爽的短线交易策略（暂定）	SHORT TERM TRAOING STRATEGIES THAT WORK	〔美〕拉里·康纳斯 凯撒·阿尔瓦雷斯	张轶	38.00元（估）
动量指标权威指南（暂定）	The Definitive Guide to Momentum Indicators	〔美〕马丁·普林	罗光海	58.00元（估）
掌握艾略特波浪理论（暂定）	Mastering Elliott Wave	〔美〕格伦·尼利 埃里克·郝	廖小胜	58.00元（估）

国内原创精品系列

如何选择超级黑马	———	冷风树	———	48.00元
散户法宝	———	陈立辉	———	38.00元
庄家克星（修订第2版）	———	童牧野	———	48.00元
老鼠戏猫	———	姚茂敦	———	35.00元
一阳锁套利及投机技巧	———	一　阳	———	32.00元
短线看量技巧	———	一　阳	———	35.00元
对称理论的实战法则	———	冷风树	———	42.00元
金牌交易员操盘教程	———	冷风树	———	48.00元
黑马股走势规律与操盘技巧	———	韩永生	———	38.00元
万法归宗	———	陈立辉	———	40.00元
我把股市当战场（修订第2版）	———	童牧野	———	38.00元
金牌交易员的36堂课	———	冷风树	———	42.00元

零成本股票播种术	——	陈拥军	——	36.00元
降龙伏虎	——	周家勋、周涛	——	48.00元
金牌交易员的交易系统	——	冷风树	——	42.00元
金牌交易员多空法则	——	冷风树	——	42.00元
十年一梦（修订版）	——	青泽	——	45.00元
走出技术分析陷阱	——	孙大莹	——	58.00元
期货实战经验谈（暂定）	——	李意坚	——	36.00元（估）
致胜之道——短线操盘技术入门与提高	——	韩永生	——	38.00元（估）
鬼变脸主义及其敛财哲学（修订第2版）	——	童牧野	——	48.00元（估）

丛书工作委员会

本书工作委员会

智品書業
ZHIPIN BOOKS